見捨てられた王女は冷酷王子に拾われました!?

～幸せ婚前恋♥～

宮小路やえ

Vanilla文庫

contents

イラスト／鳩屋ユカリ

プロローグ　終わりと始まりの足音

コルニクス国に夏が訪れようとしている。

心地好い春が過ぎて暑さを覚え始めるも、今はまだ風が吹いてくれるおかげで過ごしやすい。

ダリア・コルニクスは、先を急いでいた。

建国から百年以上続く、温帯の大国・コルニクス国の王女として、ダリアは生まれた。今年で十歳を迎えた。

結い上げていないゆるいウェーブの金髪が揺れる。

香ってくるのは、薔薇(ばら)の匂いだ。

ダリアが母・ロベリアとともに寝起きする屋敷は、王城の敷地の隅にある。その近くには、母が父から与えられた庭があるのだ。

(急がないとばれちゃう)

急ぐと靴音が響くので、植え込みの陰に隠しておいた。広がるドレスの裾を摘まんで、てってっと駆けていく。

乳母に見つかったら、大目玉を食らってしまうだろう。

母が与えられた庭園には、見張りこそいるが、庭師以外の者は殆ど来ない。実はダリアは、あまり屋敷の外へ出てはいけないと乳母に言われている。

万が一、父王にはしゃいでいる姿を見られたら、面倒なことになる、と。

本来なら社交界デビューに備える年頃だ。しかし、今のダリアは人前には出されていない。

王女としてあり得ないことだったが、父からの許しが出ない――もとい、ダリアは父に疎まれ、存在しない者として扱われているのだ。

『お前は決して男と触れ合うな。外へも出るな。でなければ母親のように、汚らわしい女になる』

最後に会った時、父王が娘に向けて言い放った言葉。

ダリアは当時五歳だった。

母は俯き、何も返さなかった。

ただ、その手は酷く震えていたのを、ダリアは記憶している。

ダリアの母は大貴族の生まれで、前の王妃が亡くなった後に父王に嫁いだ。幼心にも、父は母を心から愛しているように見えた。なのに、いきなり態度を変えたのだ。娘のダリアは困惑した。

さらに、それまでは王城で過ごしていたが、母とともに、王城の敷地にある離れの屋敷に移った。

元は数代前の王が、寵愛する側女と蜜月を過ごすために造らせたものだ。二人の死後は放置されていた。

煉瓦（れんが）造りの二階建てで、長年手入れがされていなかったために掃除をしても、内外ともに草臥（くたび）れているのはどうしようもなかった。

部屋も、かつてダリア達が王城で宛がわれたものより一回り小さい。使用人も、乳母と二名の侍女がいるだけで、護衛は館内には入ってこない。

屋敷へ移ってからは、父のいる王城に足を踏み入れていない。子ども心に、行ってはいけないと感じたのだ。父も、会いに来なかった。

王城から会いに来てくれるのは兄のセドリックだけだった。

セドリックは、病死した前の王妃の子だ。

『お父様にああ言わせてしまったのは、全て私のせいだわ』

屋敷へ移った日の夜、母がそう言って、ダリアをぎゅっと抱きしめてきた。

『ごめんなさいね、ダリア。貴女は何も悪くない、巻き込んで本当にごめんなさい』

幼いダリアは、どうしても母に聞けなかった。

父と母の間にいったい何があったのか。聞けば、母が泣いてしまいそうだったからだ。

ダリアにとって、やがて兄のセドリックが父代わりとなっていった。

とても穏やかで優しい、大好きな兄だ。彼がこの屋敷に出入りすることは、セドリック曰く父王も黙認しているらしい。

少し前までは遊学に出ていてしばらく不在だったが、今は戻ってきている。

だが、戻ってきた兄は屋敷には来なかった。乳母が言うには、客人をもてなしているそうだ。

つまらない——ダリアは、その客人とやらを少し憎んだ。大好きな兄を取られたような心地がする。

ダリアは通路を逸れて、芝生の上に出た。低木の陰に隠れて移動した方が近道だ。

(人の気配は……なし！)

庭は広い。母は身体を壊しているため、滅多に外に出られないのだが、手入れだけはきちんとされている。春の花は散って緑が深く色づく中で、赤やオレンジの鮮やかな花が蕾を綻ばせ始めている。

『ダリア、綺麗な花は心が落ち着くわね。貴女の名前も、花の名前なのよ』

母の顔色は、日々悪くなっているように感じた。ベッドで辛そうにしているのを目撃したのは、一度や二度ではない。

だが花を贈った時は、とても嬉しそうに笑ってくれるのだ。

（今なら、ダリアの花が咲いているはず）

芳しい香りを放つ薔薇も、確かに美しい。

だが、母がつけてくれた名前と同じ名の花を贈りたかった。

抜け道から出て開けた視界に、人の姿はなかった。

（やった！）

目的の場所へと急ぐ。

ちょうど、赤と白の二色咲きのダリアが花開いていた。ボールのように丸くポンポン咲きになった薄紫のもあった。

こっそり忍ばせていた鋏で、咲いて間もないだろうものを選んで切る。

『ダリアは人を思いやることができる。それはとても大事なことだよ』

そう言ってくれたのは、セドリックだった。

こっそりと兄には、時々庭園へ抜け出すことを打ち明けていた。その理由を話すと、彼は笑って頭を撫(な)でてくれた。

『でも、お父様に知られないようにね』

そう言葉をつけ足した、セドリックのどこか悲しげな顔を、ダリアは覚えている。

『ダリア。できるだけ遊びに来るから、王城へ近づいてはいけないよ』

兄が、ダリアに対して何かと気遣っているのは、察している。父はまだ、自分ら母子を許していないのだ。

もちろん、生活に必要なものは与えられている。最低限の使用人をつけられているし、医者も月に一度やってくる。

だが、この狭い世界が、あまりにも窮屈だと感じるようになってきた。

庭園までは行けても、さらに向こうの垣根を越えて、父や兄が普段生活しているところへ行くことはできない。

行けば父に追い返されるだろうし、さすがの兄もそれを止められない。

(なんで、私は生まれてきたんだろう)

ダリアの、茎を切る手が止まる。

(私は要らない子なのかしら。お父様は来ない。お母様もお兄様も優しいけど、国王に認

められない王女なんて）

なんのために、自分は存在しているのだろう。

十歳になったダリアは、この頃強く思うようになっていた。

（私は、ここでずっと過ごすのかな。世界にはもっとたくさんの花が咲いていると聞いたのに。お友達もいないまま、物語のような恋も……しないまま……）

父王に会えなくても、優しい母と兄がいる。それだけでも恵まれているとは思う。

だが、本を読んだり兄の話を聞いたりして知識が広がるにつれ、この頃はふとした瞬間にどうしようもない不安に駆られるようになった。

もしかしたら、王女とは本来そういう、限られた世界しか知り得ない存在なのかもしれない。

しかし外の世界を全く見ないで、そして知らないで生きていくなんて、まるで生きながら死んでいるみたいで、悲しい――。

意識が、遠い、見もしない世界へと飛んでいく。

だからすぐには気づかなかった。

ザッ、ザッ、と、こちらに足音が近づいてくる。

「あっ」

反射的に立ち上がって、元来た道を駆け出した。

見回りの兵かもしれない。ダリアの存在を把握していない者であれば面倒なことになると、これまでの経験でわかっている。

だが不運にも足がもつれて、ダリアは転倒した。手にしていた花も地面に散らばってしまった。

「おい、君!」

近づく足音が速くなった。聞いたことのない声だ。見つかってしまった——と、ダリアは覚悟を決めて、ぎゅっと芝生を掴(つか)んだ。

「大丈夫か?」

「あ、は、はい。平気、です」

唇を結んで、ダリアは身体を起こした。そして、膝をついたまま後ろに向き直る。

(……あれ?)

見たことのない男性だった。だが兵士ではない。

目に入ったのは、短い黒髪だ。コルニクス国では比較的珍しい色だ。白い肌に、そして切れ長で、髪色と同じ黒曜石のような眼。まるで吸い込まれそうだ。まとっている服は、質の良い生地で作られたものだとすぐにわかった。年の頃は、今年十八になる兄と同じぐらいか、少し下と思われた。

「立てるかい？」

「え……」

「怪我は……」

その男性は膝を折ると、ダリアの手を取った。

――脳裏に、あの冷たい声がいきなり響いた。

『お前は決して男と触れ合うな。汚らわしい女になる』

反射的に、ダリアは己の手を引いた。

「あ、あの……っ」

失礼になるととっさに気づいて、ダリアは謝ろうとした。

だが声が引きつってしまった。

「ああ、これは失礼」

合点がいったのか、男性は胸元から白絹のハンカチを取り出し、上に向けた手の平に載せてダリアに差し出してきた。

直接触れないようにという配慮だ。

「……ありがとうございます」

頭を下げて、ダリアはハンカチ越しにその手を取った。

(大きくて、少しだけ……冷たい手)

それは絹の冷たさだったのかもしれない。

だが、そのひんやりとした感覚から、不快どころか優しさが滲(にじ)んで伝わってくる。

ダリアはゆっくりと立ち上がった。

「誰かに渡すために摘んでいたのかな」

「……母に……」

「母?」

「はい。母が病気なので。元気づけたくて……」

ダリアが答えている間に、膝をついたままの青年が、ドレスについた芝や土を軽く払ってくれた。

さらにあっという間に散らばった花も拾い、先ほどのハンカチでそっと束ねてくれた。形もダリアが無造作に持っていた時よりも、綺麗に整えられている。

「さあ、どうぞ。レディ」

「……ありがとう、ございます」

二度目の感謝の言葉を告げて、ダリアは花束を受け取った。

白くて大きな手に触れないように、注意しながら。

「あ。あの、ハンカチ……」

「あげるよ。高いものではないから気にしないで、このままお母様に差し上げて」

そう言われたが、肌触りからして、決して安物ではなさそうだ。

「それはいけません」

「なぜ?」

「見知らぬ方から施しを受けるわけに参りません」

父王に顧みられない娘だとしても、こうして人目を盗んで抜け出していても——王女として見知らぬ人から高価なものを、何も返すことができないのに貰(もら)うわけにはいかない。

きっぱりと言いきると、青年は面を食らったように瞬きを三回ほど繰り返してから、ふっと柔らかく微笑んだ。

「草にまみれても気位の高さは忘れない、か」

「な……」

「素晴らしいことだと思いますよ」

言い返そうとする前に、青年がふわりと微笑んだ。

「……でも、私は……」

そんな褒め言葉が相応しい王女ではない。

そう言いかけて、ダリアはぐっと言葉を呑み込んだ。

世間的に、国王に顧みられない王女は、存在していてはいけない。今の肩身の狭い生活の中で十歳のダリアも理解していた。

「でも、気を張り続けるのは辛いことだ」

青年がゆっくりと立ち上がった。

「君は、私の親友によく似ている。人のために働き泥にまみれることを厭わない。ただ、そのせいで思い詰める」

まるで心どころか、何もかもを見透かしているような物言いだ。黒く吸い込まれそうな瞳から、視線を逸らしたくてもできなかった。

「君自身に心当たりがあるなら、少しばかり気を楽にすることも覚えることだ」

「気を……楽に？」

「悲しく苦しい時に我慢を続けると、いつか心が悲鳴をあげる。だから、時々は我慢をやめるんだ」

「でもそしたら、楽をするのが癖になってしまいます」

ダリアは青年を見上げて、答えた。

兄がよく言っている。悲しく苦しい時こそ、考えるのだと。楽をするのは逃げだと。

「癖になると恐れているのは、それだけ矜持があるという証拠だ。いつも気を抜けというわけではない。過ぎた我慢は、殻に閉じこもる行為になる」

兄の言葉とは真逆なのに、似ている。顔の雰囲気も違うというのに、重なる。

信頼できる人だ、と、ダリアは感じた。

異性は兄しかよく知らない。それでも、この人の声や仕草は、素直に心に伝わってくる。

「殻に閉じこもらずに羽ばたく勇気を持った時、君は今よりも美しくなる」

青年の手が頭へと伸びてきたが、それはすぐに引っ込められた。

その仕草に、ダリアは「あ」と小さく声を出してしまった。

どくん、どくん、と、心臓が痛くなってきた。

「すまない。女性の髪に勝手に触れようなど、失礼の極みだった」

「い、いえっ」

ダリアは首を横にふるふると振った。

（私、残念だと思ってしまった。……撫でてほしかった）

なんてことなのだろう。

自覚すると、ぶわっと身体が熱くなった。

「でも、私の言葉は本心だ。願わくば、そうなった君を見てみたい」

切れ長の眼が細まる。

ふわっ、と、風が吹き抜ける。甘い花の香りを乗せて、ダリアの結っていない金髪と、青年のさらりとした黒髪を揺らして乱していく。

体温が高くなってくる。少し潤んだ視界の中で、青年だけがしっかりとした輪郭を持って浮かび上がっている。

今、ダリアの世界にいるのは、彼だけ。

その時だった。

遠くから「おーい」と、呼びかける声がした。

（お兄様の声だ！）

甘い花の香りに包まれた世界から、一気に現実へと引き戻された。

ここからすぐに離れなければ。花を摘みに来るだけならまだしも、初対面の男性と一緒にいるところを兄のセドリックに見られては、叱られる。いや、叱られるならまだ良いが、呆れられるかもしれない。

見捨てられたらどうしよう。

「あ、あのっ、ごめんなさいっ！」

ダリアは踵を返し、駆け出した。

「いつか、ハンカチはお返ししますから！　必ず返します！」

ぎゅっと強く花束を握って、前を向いて走った。

「ではプリンセス、いずれお逢いしましょう。その時にハンカチをお返しください。私の、名前は――――！」

背後から、声が響く。だが足音は聞こえてこない。青年は追いかけてこなかったのだ。

（名前……）

名前は聞こえなかった。

そこで、自分もまた名乗っていないことに気づいた。礼儀として、真っ先にすべきことだったのに。

（でも、私のことを知っていたような……）

ダリアという王女がいることは、完全に隠されているというわけではない。誕生の際は御披露目があったと聞いている。

だが、今の自分のことを知っているとなると、かなり限られた存在だろう。

走りながらも、ダリアは冷静に考えていたが、答えは出なかった。

「はぁ……はぁ……」

母と過ごす離れの前まで戻ってきた。

あの青年──艶やかな黒髪に、吸い込まれそうな黒い瞳。

胸が痛いのは、きっと懸命に走ってきたから──そうでなければ、きっと父にも兄にも咎められる。

『汚らわしい女になる』

ダリアは首を横に振った。

触れ合ってなどいない。彼は、触れなかった。

あとは、この胸に溢(あふ)れた未知の熱を冷ましていくだけ。そうすれば、きっと誰にも怒られない。

ダリアはまだ気づいていない。強く握りしめたせいで、茎から滲んだ汁がハンカチを汚したことを。

＊＊＊

「──フェリックス。ここにいたのか」

少女の走り去った方を見つめていたフェリックスは、背後から呼びかけられてそちらを向いた。

　セドリックだった。

　コルニクス国の第一王子であり、フェリックスの親友だ。

「花の匂いに誘われた。ここは見事な庭園だな」

　フェリックスは眼を細めた。

　コルニクス国は、豊かな国だと聞いていた。だが、規模ばかりが大きく、細やかなところは手が入っていないように感じた。

　親友の国なのだから、そう思うのは失礼だろう。

　しかしルブルム王国――コルニクス国の同盟国であり、フェリックスは王子だ――自国に比べると退廃的で、城の人間も生気に乏しい。

　何よりも、ここに来る道中で見た、街の淀(よど)んだ空気はたとえようのない絶望に包まれていた。王城の敷地内、王家の力の及ぶ場所こそ華やかだが、市井の人々は職にあぶれ、見るからに治安が低下していた。

　これが親友の育った地にして、我が国の同盟国なのか、と、正直なところフェリックスは落胆を禁じ得なかった。

「ここは……ロベリア王妃の庭なんだ」

セドリックが答えた。

「王妃。ではやはり、あの少女は……」

「！　ダリアに逢ったのか」

「……お前の妹、だな」

セドリックと知り合ったのは、ルブルム王国のとある教育機関だった。王家の人間だけでなく、他国の人間も多く在籍している。気が合って、様々な話をした。

セドリックに母の異なる妹がいること。妹は五歳の時、母である王妃が不貞を疑われ、母子ともども不遇の身であること。

「まるで花の精のような娘だったな。きっと美しく育つだろう」

「は、はは……照れくさいものだな、身内を褒められるのは」

セドリックの笑いはぎこちない。

フェリックスは、じっと、セドリックを見つめた。

「だが、このままではダリアは……一生牢獄の中で生き、朽ちていくしかない」

笑うのをやめて、セドリックが眉根を寄せた。

彼にとって、この城そのものは、きっと牢獄なのだ。

たくさんの語らいの中で、フェリックスはそのことを理解していた。

そして、コルニクス国を覆いつつある暗雲も――。

「フェリックス」

「なんだ？」

「この国は、じきに限界を迎える。王室の権威は地に落ちている。私が王位を継いでやり直しても、立て直すのは非常に困難に違いない。父は政治を放り出しているが、問題はもっと昔から続いている」

「……」

「民は僕達を信頼していない。もはや取り戻せない」

否定できなかった。

彼の父一代で作られた暗い空気ではない。少しずつ蓄積した王家や貴族への不満が、もはや隠しきれなくなり、いつ爆発するかわからない。

それは、この城が虚栄に満ちていると感じれば感じるほど、他国の人間であるフェリックスにも伝わってくる。

フェリックスは、セドリックに両肩を摑まれた。振り払わずに、フェリックスは彼と向き合った。

「――頼む。フェリックス。その時がきたら、妹を……」

だが、そこまで言って、彼は言葉を呑み込んでしまった。

訪れた沈黙を破ったのは、フェリックスだった。

「ほかでもない親友の頼みだ」

「フェリックス……」

「その時がきたら、必ず頼ってくれ。親友の妹一人ぐらいなら、助けられる」

「……、すまない」

セドリックが頭を下げる。

彼はすでに、選んだ道を歩み始めている。

親友としてなら、危険なことはするなと止めるべきだろう。

だが、フェリックスにはできなかった。

終わらせることが、彼にとって宿願だと知っているから。協力することも、立場上難しかった。

「できれば、僕の頼みだとは、妹には明かさないでくれ」

セドリックが、顔を上げてそう告げてきた。

「なぜだ」

「時がくればダリアには、この国の全てを忘れてもらうべきだ。そのためにも、僕もいずれ嫌われるように振る舞う」

夏の爽やかな風が、どこか虚しさをまとってセドリックとの間に吹いた。

「嫌われるのは、難しいかもしれないぞ。お前は、根があまりにお人好しだからな」

セドリックはもう何も言わなかった。困ったような顔をして、複雑な微笑みを浮かべるだけだ。

沈黙が再び訪れる。

花の香りが強く匂った。

すると、あの少女のことが、ふと思い起こされた。

甦（よみがえ）った面影は、いつまでも消えることはなかった。

第一章　救ってくれたのは

八年後。

ダリアの花が咲く季節がやってきた。

ダリア・コルニクスは、十八になった。

コルニクス王国の都郊外から、今まさに王城へ向かって馬車に揺られていた。昼過ぎだが、森に近い道を通っているため辺りは薄暗い。

（……いつまでもこもっている場合じゃない……）

そうは思っても、何度もため息がついて出てくる。視線も自然と伏せがちになってしまう。

「ダリア様、お加減が宜しくないのでは……やはり、まだお戻りになるのは」

年老いた乳母が、眉根を寄せて声をかけてきた。ダリアはパッと顔を上げて、努めて笑みを作った。

「大丈夫よ。心配かけてごめんなさい」

「ご無理はいけません。ダリア様は幼い頃からそうやって……」

「無理なんてしてないし、幼い頃は元気いっぱいのおてんばだったから、貴女に随分怒られたでしょ」

そう告げると、乳母は眼を細めつつも顔をいっそう曇らせた。

「……本当に。陛下は何をお考えなんでしょうね……ダリア様はもう十八……社交界どころか、本来ならもうどなたかに嫁がれてもおかしくないご年齢ですのに」

この八年。やはりダリアは父王から見捨てられていた。

母のロベリアも、今から三年前に身罷(みまか)った。

王妃ゆえに国葬となったが、父は欠席し、兄のセドリックが代わりに取り仕切ってくれた。

今でも社交界に顔出しをしていないダリアは、城内の人間や一部の貴族だけが知る存在だ。葬儀でも王家の列には並ぶことができなかった。

『今、成人間近なお前の存在を公にすると、なぜ表に出なかったのか等の説明で、色々と面倒になる。悪いが、今日は端の席で静かにしていなさい』

兄のセドリックに言われて、ダリアは従うしかなかった。

母の葬儀は、非常に質素だった。

父王はもはや、ダリア以上の引きこもりだ。

王城の奥から出てこないのだ。

気分が悪いと言い出して仕事を放棄することはたびたびあったが、今は短時間の謁見すら一切拒んでいる。

ダリアにも漏れ聞こえてくる限りでは、どうやら酒色に溺れているらしい。

幼い頃はわからなかったことが、大人になるにつれて、ダリアも理解してきた。

コルニクス国を取り巻く情勢が、良くないということ。

母の庭園に出入りしていた庭師は、葬儀の後で解雇された。荒れていく庭を、ダリアだけではどうしようもなかった。

そして身の回りを世話する人間も減っていった。ただでさえダリアと母につけられた使用人は、王女と王妃にしては少数だった。

数名の護衛だけは、身の安全のために残されている。だが、今はもう世話役は乳母だけだ。

衣食住そのものは、用意されている。セドリックが手配してくれている。

だが、セドリックの足も母の葬儀を境に遠のいた。

（……お兄様、いったいどうして）

あの真面目だった兄の良くない噂が、乳母がどんなに黙っていてもダリアのもとに届き始めていた。

王太子であるセドリックは、遊学の旅から戻ってきてロベリアが死ぬまでの間は、王の代理として立派に務めていた。兄は、多忙な合間を縫って会いにきてくれていたのだ。

母の死後、ダリアはたびたび、王城を出て離宮へと行くようになった。

今では一年の多くをそこで過ごす。最初は兄が行くように勧めてくれたのだ。少しずつ外の世界へ慣れなさい、と。

だが今は少し違う。

兄のセドリックもまた、父と同じく政治の場から遠のき始めたのだ。

そして未だ妻を持っていない。彼は王太子であり、とっくに社交界の顔となっていたのにもかかわらずだ。噂では、色々な理由をつけて縁談を蹴っているのだという。

それで政に打ち込むのかというと、違った。

聞けば、気に入っていた従者を痛めつけて城を追放したとか、父のように四六時中酒を手放さなくなったとか、わけのわからないことを口走るようになったとも。

もっともダリアは父のことも含めて、伝聞でしか知らない。

真実は、この眼でまだ確かめていない。

さらに最近は、長年緊張状態にある敵国との関係も、悪化の一途を辿っていた。

敵国が攻めてこない理由は、セドリックの実母である先の王妃の出身国だからだ。

形ばかりの休戦の上に結ばれた婚姻だった。前の王妃は亡くなっているが、王子セドリックの存在のおかげで、ギリギリ血縁を建前とした関係を維持できている。

つまり、今も独身で子を持たないセドリックに何かあれば、血縁関係は切れてしまう。

そうなれば、どうなるか。

不安な日々の中で、ダリアは、離宮に滞在する期間が長くなっていった。

逃げだと言われても仕方ない。だが、どうしてもあの王城の敷地内にいると、心身ともに苦しくなるのだ。

母と暮らしていた時だって、快適とは言えない環境だった。だが、それでも母がいたから平気だったし、父に顧みられないことにももはや慣れてしまっている。

辛いのは母の死、兄の変化、そして退廃していく城と、国。

離宮へ向かう時はできるだけ目立たない道を使う。だが明らかにこの三年ほどで、一気に街の様子も暗く沈んでいっていた。

しかも、今回は離宮へ向かう往路で、何者かに石つぶてを投げつけられた。護衛についてくれている兵が犯人を追いかけたものの、見つからなかった。馬車に当たっただけなので、怪我人はいなかったのが幸いだった。

それもあって、今回は長逗留(ながとうりゅう)の予定だったのだが――。

(……逃げてばかりでは、ダメね)

確実にこの国自体、空気が悪くなっている。

今まで勇気が出なくて、セドリックに会いに行けなかった。だが、もう一度兄を信じようと思ったのだ。

セドリックがもし本当に変わってしまったのなら、優しかった彼に戻ってくれるように説得しなくては。

役に立たない王女なのだから、それぐらいは頑張らなくてはいけない。

(それに、これもいずれお返ししないと)

ダリアはそっと腹部に触れた。コルセットの下に、あの日借りたハンカチを八年間ずっと忍ばせて持っていた。

知らない男と話をしたことを、兄には言えなかった。乳母にも母にもだ。

ダリアだけの秘密だ。

ハンカチは部屋に戻る直前に花の束から外したが、強く握り込んでいたせいで汚れがついてしまった。こっそりと洗ったが、染みになって取れなかった。それに強く擦るなどすると破けてしまいそうだった。

(……謝らないと)

汚してしまって、長い間返せずにいて申し訳ありません、と。

ずっとずっと、心の中で引っかかっていた。

そのためにも、兄のセドリックには事情を話して、あの人は誰だったのか改めて聞かなくてはいけなかった。

恐らく兄なら知っているだろう。

あの日、兄には客人がいた。

知らない男性と会っていたことを知られないために、聞きそびれてしまった。だが思い返せば、あの人こそ、セドリックの客人だったに違いない。

(ちゃんと聞かなきゃ。でも、どう切り出せば)

以前の兄ならば、まだ話は聞いてくれたかもしれない。咎めるのもダリアだけ。

しかし、今の兄はどうだろうか。

ダリアを詰るかもしれない。いや、自分だけなら良い。乳母まで咎を受けてしまうのではないだろうかと、不安なのだ。

大事に慈しんでくれた乳母。もうすっかり白髪になって、皺も増えた。

八年も前のことだから、考えすぎかもしれないが――万が一、と考えると、献身的に仕えてくれている彼女に申し訳がない。

なんとか、叱責も罰も自分だけでおさまるように、上手く兄に聞かねば。

そもそもセドリックは、会ってくれるだろうか。

「ダリア様。なんだか騒がしいですわね」

その乳母が何かに気づいたように、窓の外をそっと覗いた。

この辺りは森の近くで、比較的静かな場所だ。

ダリアは、隣国のルブルム王国へと続く道があるのを、昔見た地図で知っている。だが整備は充分ではなく、奥深く進めば獣が出るらしいと聞いていた。

俯いていたダリアは、顔を上げて、乳母と同じ方を見た。

外では、護衛の者達が何かを言い合っていた。馬車馬以外の蹄の音もした。ただならぬ空気だった。

「だ、ダメです、これ以上は進んではなりません！」

突如、大声がして馬車が急停止した。車体が大きく揺れて、ダリアは身を縮ませた。

護衛の声だった。乳母の縁者で、まだ三十になっていない若者だった。

乳母は反射的に「何事ですか！」と窓から問いかけた。

もしかして獣でも出たのだろうか。

だがこれまで何度も離宮と王城を往復したが、大きい獣は出てこなかった。小さい獣ならば護衛の者が退治してくれる。

「都で暴動が……王城に、民が押し寄せているようです」

「ええっ！」

乳母が悲鳴に近い声をあげた。

二人の言葉はダリアの耳にも届いている。ダリアは、凍ったように全身が動かなくなった。ただ、窓越しの二人の会話を聞いた。

「王家の持ち物の建物に、次々と火が放たれていると報せが……。まだ、離宮は無事なようですが」

「で、では離宮へ引き返しましょう」

「ですが時間の問題かと……」

「そんな」

一瞬にして緊迫した空気が、重くのしかかってきた。

（いったい……何が……）

民達が、王城へ向かっている。しかも王家の建物が次々と放火されている。

父は、兄は――いったいどうしているのか。

（お父様、お兄様……！）

ガクガクと、勝手に身体が震え始めた。

「ダリア様！」

「えっ……」

乳母に声をかけられて、ダリアはハッと我に返った。

「逃げましょう。王城へも離宮へも戻れません。が、森へ行けばしばらく身を隠せますわ」

「で、でも。馬車で獣道は通れないわ」

乳母がダリアの両肩に手を置き、諭すような口調で告げてきた。

「恐らくですが、これは民衆による暴動です。馬車でこのまま進めば、目立ってしまいます。ダリア様が森へ身を隠すまで、護衛の者達が囮となってくれると」

「そんな、ダメよ……だってそんな……」

「陛下と王太子殿下にもしものことがあれば……ダリア様が第一の王位継承者として扱われます。そうなればダリア様も……万が一ダリア様が、陛下の実の……でなかったとしても。いえ、私めは……ただただ、ダリア様に死んでほしくないのです」

乳母の声は掠れていて、ぼそぼそと聞き取りにくかったが、最後だけははっきりと聞こえた。

皺が深くなった目尻にたっぷりの涙を溜めて、やがてそれが決壊したようにぼろぼろと乳母は泣き始めた。

「ダリア様には、生きていてほしいのです。亡きロベリア様も、貴女のことをずっと想っておいででした。幸せになってほしい、と」

乳母は、いつか父王かセドリックが後ろ盾となり、社交界に出してくれるはずと信じていたのだ。だからダンスや作法なども、家庭教師として躾けてくれた。

ダリアは勉強や練習は嫌だったが、できると必ず乳母は褒めてくれた。

そして、ダリアを見捨てずにいてくれたのだ。

(私など、生きている意味なんてないのではないかと思っていたけど)

今こうして死んでほしくないと言ってくれる人がいる。

その人を振り払うのは、あまりに心苦しい。

「……わかったわ」

王城に戻ることも、離宮へ再び向かうこともできない。父や兄のことは――王城から脱出していることを祈るしかない。ダリアのもとにまで伝令が来たということは、父や兄達にはもうとっくに情報は回っていて、対策しているはずだ。

少なくとも、兄のセドリックなら……きっと。

「さあ、参りましょう。大丈夫です、幸いにしてこの森はルブルムに通じていますから」

「ルブルム王国……同盟国の……」

「はい。このところは国交が途絶えがちでしたが、同盟は続いているはず。事情を話せば、きっと助けてくださいます」

「身を隠すだけではいけないの？　この森の奥には獣が出ると聞いたわ」

「このままでは殺されてしまうかもしれませんよ！」

叫んだせいか、乳母が咳き込んだ。ダリアはその背中をとっさにさすった。

確かに、暴動が本当ならば、民衆は何をするかわからない。生き延びるなら、獣に出会わない可能性に賭けた方が望みがあるかもしれない。

（でももし獣に遭遇したら？　それに、同盟国といっても国交が途絶えがちなら……助けてくれるかしら……）

外が、また騒がしくなった。

ドキッとして、ダリアは窓の外を見た。

護衛が窓越しに、民の集団が近づいてきていることを教えてくれた。

ダリアの存在を知る国民は少ないだろうが、それでも皆無ではない。

仮に王女だとわからなくとも、道に残る馬車の轍から、王家の離宮から来たことが判明するだろう。

「ダリア様、どうか護衛とともに先にお逃げください」

「そんな！　一緒に……」

「馬車が空っぽより、この乳母めが残っていればより長く足止めできます。良いですか、北を目指してください。森を真っ直ぐに進めば、山道に出るはずです」

有無を言わさないはっきりとした声で言いながら、乳母は脇に置いていたバッグをダリアの肩にかけた。

バッグの中身は、休憩時に口にできるように乳母が焼いてくれたクッキーと、ボトルに入った葡萄酒だ。

「私の眼を盗み、ロベリア様に花を摘んでいらしたダリア様なら、絶対に大丈夫です」

こんな時なのに、乳母は茶目っ気を含めて言い出した。

普段はこんなことを言わない、厳しい人だ。

自分を怖がらせないために言ってくれているのが、ダリアにもわかった。

胸がキリキリと、締めつけられた。

「きっとお母様が守ってくださいますよ。さぁ、お早く」

そう言って、乳母はそっとドアを開けた。幸いにして、集団が近づいてくる方向とは逆側にあるため、見つからずに降りることができた。

「ダリア様、こちらへ」

馬車の陰に隠れながら、ダリアは護衛とともに道を離れた。

何度も振り返りそうになるたび「急ぎましょう」と、護衛に促された。

彼にとって、乳母は血の繫がった身内だった。

心苦しくないはずがないのに——自分を助けようとしてくれている。

とにかく北を目指し、歩いた。そして、駆け出した。

だが、一瞬だけ臭った強烈な獣の臭い、そして咆哮。

ドンッと肩を押されて「お逃げください！」と叫んだ護衛の声。

そこからは、ダリアの記憶は途切れ途切れだった。

何かを覚えていられるほどの余裕は、なくなった。

ひたすら本能で、北を目指した。

靴が脱げて、裾が破けて、右も左もわからないまま、それでも走った。

身体のあちこちを擦り剝(む)いた。

バッグもどこかで落としてしまった。

そして、ついに力尽きた。

もう足がまともに動かない。

ダリアは地面に膝をつき、ばたりと倒れ込んだ。

斜面だったのが良くなかった。ごろりと身体が転がっていく。大木に背中が当たったが、意外にも痛みは感じなかった。

もはや、痛覚すら麻痺(まひ)している。

（ごめんなさい。ごめんなさい。皆、ごめんなさい。大丈夫じゃなかった。せっかく逃がしてくれたのに）

これならば、大人しく民衆に身を任せておくべきだった。そうすれば乳母達だけは逆に助けられただろうに。

そんなことにも頭が回らないなんて。

あの護衛も追いついてくる様子はない。完全にはぐれてしまった。あるいは、獣に食い殺されてしまったのか。

後悔しても足りない。

皆を見殺しにしてしまった。

なのに、もう動けないなんて。

今にも閉じそうな視界の中で、ダリアはあと数歩の距離に山道があることを知った。どうやら転がり落ちたことで、獣道を逸れて目的のルートに戻ることができたようだ。

しかし、もはや腕にも足にも力は入らない。

(ごめんなさい。ごめんなさい。こんなことなら、私、もっと頑張って……できることが、色々、あったはずなのに)

拒まれても、疎まれても、父や兄に会いに行けば良かった。

そして、コルセットに忍ばせたハンカチ——八年前の今の季節に出逢った、黒髪の貴公子。

『悲しく苦しい時に我慢を続けると、いつか心が悲鳴をあげる。だから、時々は我慢をやめるんだ』

包み込むような優しい声が甦る。

『殻に閉じこもらずに羽ばたく勇気を持った時、君は今よりも美しくなる』

もう一度、逢いたかった。

(でも……今の私、美しくないわ……きっとあの人、がっかりするわね……)

なんだか、少しだけ、笑えてきてしまう。こんな状況だというのに。

『願わくば、そうなった君を見てみたい』

美しくありたかった。あの人が願ってくれたように。

しかし現実は、なんの行動も取れないまま、この八年間は現状を嘆くだけだった。そして数少ない大切な人達まで犠牲にして、その甲斐(かい)すらなくボロボロに力尽きた。

ハンカチを返す約束を果たせないなら、せめて名前だけでも、聞いておくべきだった。

(もう、何も見えない……私、死ぬのね……)

自分の意思ではなく、瞼(まぶた)が下りて、闇に包まれた。

すると、遠くから蹄の音がした。

聴覚だけは、まだなくなっていないらしいと、ダリアはぼんやりと近づいてくる音に耳を澄ませた。

馬の脚が止まった。次第にざわざわと声が聞こえてきた。

「まさか、どうして、君がこんなところにいるんだっ!」

(——え……?)

ひときわ懐かしい声を聞いた——その瞬間。

ダリアは、完全に意識を手放した。

＊＊＊

『ダリア、よくお聞き』

セドリックの、柔らかくも芯のある声がした。

頭を撫でる手つきが、いつもより固い気がした。

周りは白い靄に囲まれていて、見上げた兄の顔は暗くてよく見えない。

しかしいつも微笑みを湛えている口元が、真っ直ぐに結ばれている。

『お兄様、怖いです……どうなさったのですか？』

ダリアは訊ねた。

このやりとりには、覚えがあった。しかし、ずっと長く忘れていた気がする。

そう。これは記憶だ。

だが兄の顔ははっきりとしない――つまり、記憶を夢見ているということか。

『大事なことだ。いいかい、もしも今後、己の身に危険が及ぶと感じたら、ルブルム王国に助けを求めろ』

『どうして？　何か危ないことが起きるのですか？』

『時がくればわかる。何が起きても、お前は何も言わなくていい。大丈夫、心配はいらない』

諭し聞かせる声音は、とても優しいのに、まるで有無を言わせない圧力があった。

『僕のこれからの行いは、全て未来の平和のためだ』

『平和？　コルニクス国は、今大変なのですか？』

『お前は何も知らなくていい。生き抜くことだけを考えなさい。いずれはコルニクス国を忘れ、そして自分の幸せを掴むんだ』

『お、お兄様は……？　お兄様も一緒ですよね？』

まるで今生の別れであるかのような、悲壮な言葉。

ダリアは不安になって、聞き返した。

するとそれまで見えなかったセドリックの顔が、見えた。ダリアと同じ碧(あお)い眼が、ゆらゆらと揺らいでいた。

『いいんだ、僕のことは。お前さえ生きていてくれれば充分だ。お前の幸せは、ロベリア様の願いでもあるから』

『お母様の……』

『ああ。それに、ルブルム王国の――……という男が、お前を助けてくれるはずだ。覚えていなさい、ダリア』

肝心の名前は、聞こえなかった。

(待って――その人って、まさか)

あの黒髪の貴公子のことだろうか。

聞き返そうにも、次の瞬間、セドリックの顔が再び白い靄に包まれて、今度は完全に姿を消した。

(――これは、確か)

三年前、母の葬儀が終わった後のやりとりだ。

そして、この日を境に、兄の訪れはなくなった――。

＊＊＊

「……ん」

ゆっくりと意識が持ち上がって、ダリアは静かに瞼を開いた。

(お兄様の夢を見た気がする)

あれは確か、顔を見せなくなる直前の頃の記憶(ゆめ)だ。

なのに、詳細をよく思い出せない。とても大事なことを聞きそびれた、いや、忘れてしまっている。

ふと、鼻が自然と動いた。

柔らかく落ち着く匂いがする。

(ラベンダーの香り……)

そして身体が暖かい。ダリアは、ふかふかのベッドに寝かされていた。

コルセットの締めつけもない。ゆったりとした服に着せ替えられているようだ。

(あのハンカチは……)

探さなくてはと思い、はっきりしてきた視界に映ったのは、立派な天蓋の内側だった。

(ここはどこ?)

王城の離れで使っていたベッドも、離宮のも、ここまで上質ではない。

それに、自分は乳母に逃がされて、森を通って北にあるルブルム王国を目指して走っていたはずだ。護衛とは途中ではぐれてしまったが――。

「お目覚めですか?」

「……え?」

落ち着いた女性の声がした。ゆっくりとそちらに顔を向けると、サイドテーブルが先に視界に入った。テーブルの上には、手で持って鳴らせる小さいベルが置かれていた。

テーブルの向こうに、紺基調のシックなワンピースに白いエプロンをつけた、若い女性が姿勢正しく立っていた。

「あ、あの、私」

起き上がろうとすると、身体のあちこちがズキッと痛んだ。

「ご無理はなさらないでください。深い傷はありませんが、あちこち擦れて、打ち身もしているようでしたので」

失礼します、と声をかけてから、女性はずれた掛け布をそっと直してくれた。

「安心なさってください。よく効く軟膏(なんこう)を塗っておりますので、傷痕は残りません。我が国の薬は万能ですから」

「我が国、って……」

「ルブルム王国です。こちらは王城敷地内の館です」

「――ルブルム王国……」

耳を疑った。まさか、本当に辿り着いたというのだろうか。

そういえば、意識を失う直前に馬に乗った集団がやってきた。顔を上げる気力がなくて、声しか聞いていないが――つまり彼らは、コルニクス国ではなく、ルブルム王国の人間だったのか。しかも、ここが王城の敷地内ならば、王族に保護されたという証にほかならない。

「申し遅れました。私は、ルイーズと申します。フェリックス王太子殿下から、貴女様のお世話を仰せつかりました」

ダリアからそっと離れて、ルイーズと名乗った女性は一礼した。

「あ……私は……ダリアと申します」

「はい、お名前も王太子殿下から伺っております。ダリア様」

横たわったままでは失礼だとわかっていた。

だが、せっかく彼女が掛け布を整えてくれたので、ダリアは起き上がらずに返した。

世話係というものは、基本的に感情を表に出さない。だがルイーズは根が温厚なのだろうか、微笑んでいなくともまとう空気が柔らかい。

どこか、亡くなった母を彷彿(ほうふつ)とさせた。

しかし口調は世話係のそれで、そこは乳母を思い出す——。

視界が一瞬だけ歪(ゆが)んで、目の端から熱い涙が流れ落ちた。

「どこか痛みますか。大丈夫ですか」

「へ、平気です……ごめんなさい」

「謝られては、困ります。どうぞ私にお気遣いなく。痛むところがあれば遠慮なく仰ってください」

平気と言っておきながら、ボロボロと涙が次から次へと溢れてくる。

助かった安心感。

そして、一人だけ無事だったという罪悪感。

「大丈夫…大丈夫よ、そんなに痛くないわ」

泣くのは母の死以来だ。小さい頃から、悲しいことも苦しいことも平気なふりをしてきた。

可哀想な王女だと言われるのが、とても惨めな気持ちになるからだ。

早く涙を止めようと焦ると、余計にこぼれ出た。

すると、コンコン、とノックする音がした。

ルイーズがサッとドアへと向かっていった。そして誰何（すいか）することなく、恭しくドアを開けた。

コツ、と靴音が聞こえた。

入ってきたのは、黒髪の青年だった。

黒いウエストコートに赤のアスコット・タイを差し色にした装いで、すらりとして背が高い。

「……泣いているのか」

起き上がろうとすることすら、ダリアは忘れていた。

ドアの近くからこちらを見つめる黒髪の青年に、あの日、庭園で出逢った彼が重なる。

（まさか……そんな、偶然があるはず……でも）

どくん、どくん、と心臓が鳴る。

（ハンカチを見せたら、わかるかしら……）

しかしコルセットが外され、ハンカチは今手元にない。森で落としたかもしれない。持ち物を処分された可能性もある。

（でも、本当にこの人なの……？　とても似ている気がする……けど）

ダリアが混乱していると、ツカツカと青年がベッド脇へと近づいてきた。

見下ろされて、視界が翳（かげ）る。同時に彼の顔も暗く見えた。ただ、切れ長の黒い眼が真っ直ぐに見つめてくる。

――しかし、あの頃と少し、違う気がした。

（もしかして、この人はよく似ているだけの……？）

ルイーズは、ダリアの名を王太子殿下から伺った、と言っていた。

ならやはり、この人がそうなのか。
(でも、なぜ私の名前を知っているのだろう。名乗った覚えはないのに)
あの彼はどういう人であったか——名前すら知らない。しかし、声はやはり似ている。
それに身分の低い人間とは思えなかった。
たった一言、兄から聞く勇気を持てていれば。
八年もあったのに。
「貴方は……どなた、ですか」
助けてくれた恩人の名を知りたくて訊ねたのではない。
八年前に、母の庭園で出逢った貴公子なのか。
しかし、名前を知らないのに、その質問に意味はあるのだろうか。
自問していると、青年がゆっくりと口を開いた。
「フェリックス・シアーズ・ルブルム。この国の王子だ」
名乗る声に、胸をきゅううっと締めつけられる。
(……同じ声だわ)
同じ人なのか、それとも似ているだけなのか。
迷うように、視界を細めて見つめ返していると、目の前の青年——フェリックスがポケ

ットから白と黒のまだらな布の切れ端を取り出した。

どこかで見たような、と思う前に、彼が口を開いた。

「すまない」

「え……」

「君の護衛だったのだろう。彼は……間に合わなかった」

「……あ……あ」

ルブルム王国に向けて逃亡中、護衛してくれた彼は、獣に襲われそうになったのを食い止めてくれた。彼は簡易な皮鎧をまとっていた。その下に着ていた服は、白色だった。

ならば、この布は護衛の服の一部なのか。

「うっ……う……」

一度止まったはずの涙が、再びこみ上げてくる。

間に合わなかった、ということは、もう彼はこの世の者ではないのだ。

「殿下、今はまだ……」

ルイーズが近づいて小声で言ったのが、ダリアの耳にも聞こえた。

それでも嗚咽を止められず、ダリアはうつ伏せになって枕に顔を埋めた。

「コルニクス国のことは全て忘れろ。あんな国、君の生きる場所に値しない」

そう言って、フェリックスが血に濡れた服の切れ端を、サイドテーブルに置こうとした。

だが、何を思ったか引っ込めたのが横目で見えた。

「それは君自身がよく知っているはずだろう」

冷気をまとう声だった。全身が凍っていくようだった。

その言葉は、自分を守って死んだ護衛、逃がしてくれた乳母達、病で亡くなった母に、慈しんでくれた兄をも否定する。

「そんなこと……言わないでください」

ダリアは震える声で、ぽつりと言った。

部屋を出ていこうとしていたフェリックスが足を止めたのを見て、ダリアはバッと顔を上げた。

「私はっ、確かにあの国では、顧みられなかった！　でも、それでも一生懸命生きてきたんです、お母様もお兄様も、助けてくれた乳母達もみんな……！　それを、忘れろ、生きる場所に値しないなんて……！」

もはや嗚咽という可愛いものではなかった。「ああああっ！」と、ダリアは絶叫した。

自分だけが助かってしまった。

森で従者は死んでしまった。

乳母達もどうなっているかわからない。

まだ皆がコルニクス国にいるのに、忘れろなど。

切り捨てるように言われて、胸が張り裂けそうだった。

助けてくれたなら、悪い人ではない。

本来なら礼を尽くすべきだというのに、心の奥から溢れてくるのは、嘆きだけだ。

「泣き叫ぶ元気があれば、回復は早いな」

「っ！」

眉一つ動かさない表情、淡々とした言い方。

思い出まで冷えていくように感じてしまう。

息を呑んで、ダリアは唇を嚙んだ。

「ようやく泣きやんだか」

ふぅ、と、フェリックスが息を吐いた。

「君はこれから、ここで生きていくしかない。どうせコルニクス国には、もう二度と戻ることはできない」

「……どういうこと？」

頭が理解することを拒む。

「知る必要はない」

フェリックスはダリアの問いに答えず、眼を眇める。

心底冷ややかな視線だった。

「ここにいる理由が欲しいなら、俺の妻になればいい」

「な……」

「身の安全は保証され、城の中で平穏に暮らせる。君にはメリットしかない――いや、断る権利があると思わない方がいい」

ダリアは眼を見開き、言葉を失った。

身体が勝手に震える。

フェリックスはすっと視線を逸らし、踵を返して部屋を出ていった。

部屋には呆然とするダリアと、衝撃的なフェリックスの発言に対しても慌てる様子のないルイーズが残された。

「ダリア様、もうしばらくお休みください。まだ傷は癒えていないのですから」

ルイーズがハンカチをポケットから取り出して、そっと涙を拭ってくれた。

「たくさん泣いて、泣いて……涙が涸れたら、きっと気力が戻りますわ。殿下もきっと、元気づけたくてあえてああ仰ったのですわ」

「……あれが……？」

にわかには信じられなかった。

「ええ。それに、この城が安全なのは確かですし……いえ」

ルイーズが離れていく気配がして、ダリアはそっと顔を動かして彼女を見た。

「出過ぎたことを申しました。隣で控えておりますのでどうぞ、ごゆっくり。何かあれば、サイドテーブルのベルを鳴らしてくださいませ」

頭を下げてから、ルイーズがしずしずと退室した。

静寂が訪れる。

ルイーズが出ていった後の部屋をぼうっと見ていると、あの切れ端が中央のテーブルに置かれているのがちらりと見えた。

「……お母様……」

乳母は、亡くなった母が守ってくれていると言っていた。

（みんな……）

全てを忘れろなんて、できるはずがない。

寂しくなかったわけではないが、それでも人の優しさに触れて生きてこられたのだから。

『断る権利があると思わない方がいい』

フェリックスの冷たい視線と声が甦る。あの一言はとびきりに冷たかった。

(あんなことを言う人の、妻になんて……!)

やはり元気になったら、戻ろう。

女の足でここまで来られたのだから、今度は地図でしっかりと確認して安全な道を使えば、戻れる。

乳母達がどうなったか、そして国に何が起きたのか。

知らなくてはいけない気がした。

＊＊＊

細かい傷はまだ残っているものの、二日間、しっかりと休むと体調が戻ってきた。

(どうやって帰ろうかしら)

まずはこの王城を出るしかない。

フェリックスはあの後、一度も来なかったが、ルイーズの眼がある。

それにルイーズ以外にも、館内には使用人が数名いる。

彼らの眼をかいくぐって抜け出すには、もう少し周辺を調べなくてはならない。

「今日は、少し庭へ出ましょうか?」

朝食は野菜を多く使ったスープと白いパンだった。食べ終えると、ルイーズが言い出した。

「フェリックス殿下から許可がおりております。閉じこもっていても気が滅入るだけだから、と。私がお伴します」

「……いいの?」

ダリアが小さな声で聞き返すと、ルイーズは少しだけ表情を緩めた。

「はい。短い時間になりますが」

「……。ありがとう」

庭の様子を見れば、抜け道になるようなところも把握できるかもしれない。

着替えは、ピンク色のゆったりとしたシュミーズ・ドレスだった。コルセットは必要なく、呼吸もしやすい。涼しげに透ける綿製で、ショールも与えられた。まだ腕や肩の湿布を外せないため、隠せるのがありがたかった。

シンプルなデザインで、ドレスもショールも指が引っかかることなく肌触りが良い。

優れた職人の手によるものだとダリアは理解した。

(コルニクスでは、装飾は多いほど良いと……そう教わった。お兄様はあまり好んでいなかったけど……）

もちろん、美しい装飾は嫌いではない。だが母国のものは、質は悪くなかったものの、やけに肩を張ったり、裾が無駄に広がったりと、不自然さが目立つデザインが多かった。

それにきついコルセットを締めないのがこんなに呼吸を楽にするのか、と、この数日で実感した。小さい頃の自由さを思い出した。

「……あの」

ダリアはルイーズに声をかけた。

「なんでしょうか？　胸元がお苦しいでしょうか？」

「そうじゃないの。あの、私がここに来た時のコルセットが」

「この衣装では必要ありませんが……」

「その中にね、白いハンカチがなかった？　ちょっとだけ染みがついているのだけど」

ダリアはルイーズの方を向いて、指の動きで正方形を示した。

「テーブルの上に置いていたのですが」

ルイーズが、少し困ったように眉根を寄せた。

もしかして、処分してしまったのだろうか。ダリアがそう思っていると、ルイーズが言葉を続けた。

「フェリックス殿下がお持ちになりました」

「フェリックス……様、が」

まるで息が詰まる心地だった。

フェリックス・シアーズ・ルブルム。

年齢は二十七。ダリアよりも九つ上で、兄のセドリックより一つ下。ルブルム王国の第一王子にして王太子。

ルブルム王国は、建国当初はコルニクス国よりも領土は狭かったが、コルニクス国との同盟以降、拡大し続けた。結果として、今や両国の広さは同等だ。

当初は他国からの輸入に生活を頼っていたが、自由商業のシステムが発展したことで、今や経済大国になった。

それに加え、戦争の多かった時代の名残で、民の間では互助的思想も強い。

ゆえに貧富の差はそこまで大きくない――と、ダリアはかつて聞いたのを思い出した。

さらにルブルム王家は、今の領土にまで成長した後は、一夫多妻制を導入していた。血筋による王位継承による安定を目指して、それは今も続いている。

フェリックスは第二王妃の産んだ王子だと、これはルイーズから教えられた。

他の弟妹に関しては、言葉を濁されてしまったが、いないわけではないようだ。

母親が違うことで言いにくい事情があるのだろうか。

確かにダリアもセドリックとは母親が違うが、コルニクスでは一夫一妻制であり、ダリアの母はあくまで後添えだ。

転んだダリアを立たせ、母のために摘んだ花を拾ってくれた黒髪の青年。

フェリックスはよく似ている。同一人物なのだと認めるべきだろう。

でも、ならば、なぜあんなに——冷ややかな声を放つ男になったのだろう。

とても優しい人だと思ったのに。

そんな疑問を抱えながらも、着替えを終えて、ダリアは初めてルブルム王国の庭園に降り立った。

「……わぁ……」

まず視界に、圧倒的な薔薇が洪水の如く咲き広がって映った。

赤、白、黄色——まだら模様も、大ぶりなものも小ぶりなものもある。蕾なのはこれからの季節に咲く品種なのだろう。

丁寧に水やりがされており、昇った陽の光を受けて露が瑞々しく輝いている。生命力に溢れていた。

温もりのある風が吹くと、芳しい香りが鼻腔(びくう)をくすぐる。

「今が盛りなのです。これからの季節も、緑が美しいですわ」

三歩後ろを歩くルイーズが語る。

「こんなに見事な庭園は初めてよ」

ダリアは素直に、そう言った。

母の持っていた庭園にも薔薇は咲いていたが、ここまで見事ではなかった。

様々な花があったが、適切に処置されず茶色く枯れた株も多かった。それに薔薇を全面に主張するこの庭園に比べると、寂しく無秩序にさえ思えた。

もっとも、母が病がちになってからは、手入れも杜撰(ずさん)になったため、致し方ないことではあったが。

ダリアが花を摘んでいたのも、間引きを兼ねていた。そうすればより綺麗に花が咲くのよ、と、母に教えられたことがあった。

摘んでしまうのは可哀想じゃないか、まるで役に立たないみたい——と、間引きされた花が自分に重なって、ある日、母に聞いたこともあった。

母は『だから私達が部屋で愛でるのよ』と柔らかく微笑んだ。

その意味がピンとこなくて、翌日訪れた兄のセドリックにも訊ねた。

『適材適所、と言うかかな。……いや、どんな人間にも、一人は絶対の味方がいるという意味だろう。ロベリア様らしい』

兄は、穏やかに微笑んでそう答えた。

遠くに視線をやると、城壁が見えた。王城の敷地を囲うもので、街に出れば外郭も巡らされているだろう。

陰になりそうな部分はあるが、抜け道に繋がっているかはまだ判断できない。

「ねえ、ルイーズ」

「はい。なんでございましょうか」

「私はどうして保護されたの」

ダリアという名前自体は、コルニクス国でも知名度はかなり低いはずだ。

「申し訳ありません。私はフェリックス殿下から、お世話をするように仰せつかっただけで、その辺りの詳しい事情は伺っておりません」

「そう……」

「大変な目に遭われたことだけは、お察し致しましたが……」

ルイーズは、ダリアの正体を知らないようだ。何者であるかわからない相手でも命じられれば心を尽くす彼女は、きっとフェリックスにとって信頼の篤い人物なのだろう。

証明するものはないわけではない。ドレスには王家の意匠を織り込んであった。

だが名前がそれですぐわかるものではない。それにもし破れてしまっていては、確認のしようもない。

ならば彼からすれば、森で行き倒れた女を拾ったに過ぎないだろうに。

『まさか、どうして、君がこんなところにいるんだっ！』

しかし、フェリックスは確かにそう言ったのを、ダリアは覚えている。

（フェリックス様は私を知っていた）

ならばあの日、兄が迎えていた客人とは、やはりフェリックスのことだったのか。

だが考えても答えは出ない。

「ダリア様！」

ルイーズの慌てた声がして、ぐるぐるとした思考から我に返ったダリアは「えっ」と反射的に声をあげた。

ドンッと、身体に衝撃が走った。何かにぶつかった。

「ひゃあっ！」

「っ……と」

人にぶつかったとすぐにわかったが、身体が跳ね返されて後ろへ倒れそうになった。

だがその前に、しっかりと腰を抱き留められて、ダリアはそのまま相手の腕の中によろ

めいた。

ふわりと、薔薇の匂い――これは咲いているものではなく、香水、それも上質なものの匂いだと気づいた。

バサッと、羊皮紙が地面に落ちたのが見えた。

（手紙？）

そうと判断した瞬間、最初の一文がはっきりと見えた。それは神経質そうなピリピリと細い文字だった。

恐らく書き手は女性だろう。

『フェリックス兄様、どうかお助けください、今年は特別生活が苦しく――』

すると、腰を支えてくれていた手が離れ、手紙は素早く拾われてしまった。

「フェリックス殿下！」

ルイーズの声がして、ダリアはハッと顔を上げた。

ぶつかった相手は、フェリックスだった。

「あ、あの」

ダリアは、ぶつかってしまったことを詫びようとしたが、すぐに言葉が出てこなかった。

「……怪我はないか」

「は、はい。大丈夫です」

前方不注意でぶつかったのはダリアの方だが、まだ残る傷に触れないようにしてくれたのか、どこも痛くなかった。

それに詫びるのはこちらの方だと、ダリアはとっさに頭を下げた。

「申し訳ありません。ぼうっとしていました」

「いや、俺の方も注意が足りなかった。頭を上げてくれ」

そう言われて、ダリアは姿勢を戻した。

謝ってしまうと、言葉が続かなかった。

(――男の人の胸って、あんなに厚いの?)

幼い頃、セドリックに抱き上げられたことはある。胸に飛び込んだこともある。

フェリックスの胸は、記憶にある兄のものよりも厚く、力強く感じた。あの頃のセドリックが今よりもずっと若かったせいなのか、それともフェリックスが鍛えているからなのか。

脈が、なぜか速く感じられた。

香水の匂いがした。それに混じる、汗の匂いも。

初めてだ。家族以外の男に抱き寄せられたのは。

（……っ、ダメッ、そんなこと考えちゃダメ）

フェリックスに会ったら、聞きたいことはたくさんあった。

だが、何から聞くべきか。そもそも聞いていいのか。フェリックスも何も言わず、黒い瞳がじっと見下ろしてくる。

ダリアは、思わず視線を伏せた。

「あの」

沈黙を破ったのはルイーズだった。

「四阿（あずまや）へ行かれては如何でしょうか。お茶をご用意します」

「……ああ。頼む」

答えたのはフェリックスの方だった。ダリアが再び視線を上げると、彼は一度だけ小さく頷（うなず）いた。

「向こうにある。案内する。君さえ良ければおいで」

「……わかりました」

穏やかだが、やはりどこか、平坦（へいたん）で感情が見えない声だった。

＊＊＊

庭園の奥は小高い丘になっていた。立派な四阿が建っており、濃いピンクの蔓薔薇が柱に巻きついて屋根にまで広がっていた。だが無造作なものではなく、中はしっかりと清掃されており、小さな葉一つ落ちていなかった。

手入れが行き届いている証だった。

中央にはテーブルがあり、椅子は二脚用意されていた。そのうち一つを、フェリックスが引いてダリアに座るように促してきた。

「失礼します」

軽く一礼をして、ダリアは腰掛けた。その隣、やや斜めに向かい合うような位置にあるもう一つの椅子に、フェリックスが腰掛けた。

「熱が出なかったようで何よりだ」

「ルイーズが懸命に看てくれたおかげです」

「あれは忠義者だ。母親も王城勤めでな」

「そうなのですか」

なぜか話題はルイーズのことになってしまった。彼女の実母は、フェリックスの乳母でもあるようだ。

(乳母……)

結局、あの後どうなってしまったのだろう。

忘れろと目の前の彼は言ったが、やはりできない。

ルイーズが他のメイドを数名率いて、茶と菓子を運んできた。

深みのある赤色の紅茶は、アッサムだった。お茶請けは小振りな器に入ったプリンに、焼きたてのフィナンシェで、花とはまた違う甘やかな匂いが周りに広がる。

こんな時でも、菓子が美味しそうに映る。

あっという間にテーブルに並べられ、ダリアはその手際の良さにも感心した。

「あとはこちらでする。呼ぶまで来なくていい」

「畏まりました。ベルの聞こえる範囲におります」

ルイーズは呼び出し用のベルを最後に置いて、メイド達とともに引き下がった。

再び、フェリックスと二人きりになる。

気まずい。泣き叫んで反論したことも、助けてもらった礼をきちんと言っていないことも、ぶつかったこともその時に見てしまった手紙のことも。

「……冷めないうちに飲むといい」

「は……い」

ダリアはそっとカップを手に取る。

側面の真ん中が窪んでおり、下部がふっくらとした、薔薇の形に似た形状のカップだ。口元へ運ぶと、アッサムの香気が、より強く立ちのぼってくる。

一方フェリックスのカップは、銀で製作されたシンプルなデザインのものだった。

「……美味しい」

熱すぎず温すぎない温度の紅茶が、喉を潤していく。後味だけでなく、鼻腔を抜けていく香りも芳しく心地好い。

不安でざわめく心が、凪いでいく。

「美味と感じるなら、大丈夫だな」

そう言って、フェリックスもカップを口元に運ぶ。その所作は落ち着いていて、物音一つ立てない優雅なものだった。

「さっきの手紙が気になっているんじゃないのか」

図星を突かれて、ダリアは思わず言葉を詰まらせた。

一部とはいえ読めてしまったことを、悟られていたようだ。

「――フェリックス兄様、と書いてありました」

手紙を盗み読むなど、礼儀を欠いているのはわかっている。

だが、ダリアは思わず言い返してしまった。

「ご兄弟からのお手紙ですか」

「君には関係ないだろう」

「……何か切羽詰まったご事情があったようですけども」

あえてダリアは言葉を続けた。しかし、フェリックスは悠然と紅茶を口に含んでから、ふうっと息をついた。

「俺がなぜ、このように銀のカップを使うかわかるか」

逆に質問をされて、ダリアは「えっ」と戸惑った。

「銀は毒に反応する。ルイーズ達を信頼していないわけではないが、これは習慣なのだ」

「……もしかして、誰かに毒を盛られたことが？」

フェリックスは答えず、眉根を僅かに寄せ、どこか自虐を滲ませるように口角をほんの少しだけ上げた。

まさか、と思いつつ、ダリアはふるふると首を横に振った。

（もしかしたら、身内に盛られたのではないか、なんて飛躍しているかしら）

自分でも嫌な考えだと背筋が凍った。

（そんなことがあり得るの？）

父ですら、ダリアを無視はしても殺そうとはしなかった。

カップを持つ手が震える。

はぁ、と、フェリックスがため息をついたのが聞こえてきて、ダリアは我に返ったように彼を見た。

「逆は考えないのか？　俺が毒を盛った本人だから、警戒する癖がついたのだと」

「えっ……」

ダリアはその一言にショックを受けた。

カチャリと音を立てて、ダリアはカップを置いた。

血の気が引いていく感覚があった。

だが同時に、それは違うのではないか、という直感もあった。

（いえ、でも、助けても得なんてない私をわざわざ保護した人が？）

そうだ。フェリックスは命の恩人なのだ。

だからこそ盛られたのはフェリックスの方だとばかり思った。

「……ち」

「ん？」

「違うと思います。貴方が人に毒を盛るとは思えません」

ダリアは声の震えを抑えながらも、訴えた。

故国を忘れろ、妻にしてでも縛りつける。そう告げてきた人なのに、どうしても彼がそんな悪い人間と考えられない。

すると、フェリックスは顔をそむけた。不快そうではなく、どう返すべきか悩んでいるような様子だった。

「……まぁ、そういうことでいいさ」

間を置いて、フェリックスが言った。

明確な肯定ではなかったが、少なくとも彼自身が毒を盛った本人ではないと、ダリアは信じることにした。

「とはいえ、俺も似たようなものだ」

「似たような、もの？」

「どのみち俺は無事だった。でも俺は、一度では終わらせない」

ダリアはぞくっと背中が冷たくなった。フェリックスは、くすっと微笑んだ。

「死なせるよりも、後ろ盾なく生きる方が辛いこともある。それは君もよく知っているはずだろう」

まさに、これまでの自分のことであり、そして今の自分のことでもある。

「それに、あいつらは甘えすぎだ」

「甘え？」

「自分の現状を嘆くばかりで打破しようとしない。それが俺にとって許せないのだ」

現状を嘆くばかり。

まるでこれも、自分に言われているようだった。

「世界を知らなかった女性でさえ、生きるために獣道を走り抜けてきたというのに」

「……皮肉、ですか？」

「いや、素直に感心しているだけだ」

やはり皮肉だ。

ダリアは眉を顰めたが、先ほどのような震えはいつの間にか止まっていた。

（獣道……）

ダリアの思考が、あの恐ろしくも遠い道のりの記憶に引き寄せられる。

「あの青年。コルニクス国の兵だということは、身につけていたものでわかった」

するとふと、フェリックスがそう言い出した。ダリアは、ハッとして彼を見た。

「森の中で絶命していた男のことだ。足跡がもう一つあった。君のものだろう」

「…………」

胸が、ずきずきと痛み出す。

「地図上よりも、コルニクス国と我が国は近い。あの森を通してなら。だがこちらの国境沿いでは今、検問を敷いている。……先に俺が見つけて良かった」

「なぜですか」

「ん？」

「なぜ、私を助けたのですか。いえ、私は……同盟中のルブルム王国ならもしかしたら、と、乳母に教えられて北を目指していたのですが……そもそも、私のことを……どうして」

ダリアが一度に訊ねると、フェリックスは「落ち着け」と制止してきた。

「一つずつ答える。まず、持ち物や身につけているものから、君をコルニクス国の王族だと判断した。そしてコルニクス国の王族で妙齢の女性といえば、社交界に出されていないがダリア王女しかいない」

（……？）

その説明に、ダリアは密かに首をもたげた。

『まさか、どうして、君がこんなところにいるんだっ！』

森で倒れて意識を失う直前に聞いた声。

ダリアが何者であるか一目でわからなければ、出てこない台詞のはずだ。

ならば、少なくともフェリックス自身は、ダリアをコルニクス国の王女だと認識していることは確かだ。

なのに、フェリックスはあえて壁を作るように、回りくどい言い方をする。

「そして助けたのは同盟国として当然のことだ。ルブルム王国は幾度となく、コルニクス国の王家に助けられている。直近では、先代。君の祖父にあたるはずだ」

先代、と、あえて言ったということは、父王はあまり同盟国への義理は果たしていないようだ。

その祖父は、ダリアが生まれる頃にはもう亡くなっていた。

「あと、君の乳母とやらは……すまない。確認できていない」

「いえ……」

そもそも、あそこはコルニクス国の領内だ。

平時ならまだしも、民衆が暴動を起こした混乱の中で、王女の付き人達がどうなったかなど確認できないのは当然だ。

「――どうして」

「まだ何か」

「どうして、私が逃げ出すことになったか。こうして私から何も聞かずに保護しているということは、本当の事情をご存じなのではないですか？」

同盟国だから保護したと言うが、なぜ保護が必要な事態になっているのか。それをフェリックス自身がわかっていなければ、送り届けるのが筋だというのに、そう切り出す様子がない。戻ることはできない、『妻にする』とまで言われている。

それを素直にぶつけてみると、フェリックスは、小さく息をついた。

「君は、とても賢明で冷静だ。コルニクスの国王が放置していた王女とは思えない」

「……お答えいただけませんか？」

世辞を聞きたいのではないと、暗に言ってみた。

機嫌を損ねさせるのではないかと不安で心臓が痛いほど鳴っているが、今しか聞けないと思って、斜め横に座る彼をじっと見つめた。

「そうだな。君の賢さなら、理解できるはずだ」

しばし思案するように顎に手をやり、人差し指で頬を軽く叩(たた)いていたフェリックスが、意を決したようにこちらを見据えてきた。

「コルニクス国は今、王の政権が民衆によって奪われている状態だと確認が取れている」

「……！」

民衆が暴動を起こしているのは、ダリアも目の当たりにしたことだ。

だからこそ、乳母と護衛が決死の覚悟で逃がしてくれたのだ。

しかし、王城に押し寄せているとは聞いたが、政権が奪われるとはどういうことなのか。

確かに人員は減っている傾向にあったが、それでも王城の守りは堅いはずだ。

「ち、父は、兄は……！」

ルブルム王国の王太子が事態を把握しているなら、自分以外の王族がどうなったかも知っているだろうと、ダリアは問い返した。

「身柄を確保されたなら、幽閉されていると考えた方がいい。今すぐ命が危ぶまれることはない」

「ど、どうして、言いきれるのですか」

「もしもすぐに殺されているなら、さすがに我が国にも報告が入るだろう」

「ただ貴方が、私に言えないだけでは。だって私はコルニクス国の人間だもの……現状をつぶさに伝えるより、聞こえのいい嘘で誤魔化す方が……」

ダリアがそこまで言うと、フェリックスが首を横に振った。

「神に誓う。これは嘘ではない。それにこの国にいる限り、君の身は安全だ」

「私だけが助かっても意味がありません」

ダリアは俯いた。

父や兄はおそらく幽閉されている。乳母達の安否はわからない。しかも死者も出ている。なのに自分だけが助かった。

「――……君しか救えないんだ」

ぽそりと、呟かれた言葉は、一瞬聞き逃しそうになるほど小さい声だった。

そして、語尾にほんの僅かな震えがあった。気のせいかもしれない。

ゆっくりと、ダリアは顔を上げた。

(どうして貴方が、そんな表情をしているの?)

こちらからすれば逆光気味だというのに、黒曜石を思わせる瞳が、光り、揺れていた。

「最後にお訊ねします。最初に聞いておけば良かったのですけど」

「なんだ?」

「どうして、あのハンカチを持っていったのですか?」

とぼけられるかも、と、一瞬思った。

それに答えはもう知っているも同然だというのに、それでもフェリックス自身からきちんと聞きたかった。

さあ、と、薔薇の香りを含んだ暖かい風が、四阿の中を吹き抜けた。

自分の金色の前髪が視界の端で揺れる。そして、その向こうで彼の黒髪もさらさらと揺れていた。

「あれは、俺のものだからだ」

ハッキリと聞こえた。

「返しに来てくれて、感謝する」

フェリックスが頭を下げる。

あの日の青年の面影に、フェリックスが一致する。しかしどうしても完全には重ならない。

表情が乏しいから、ではない。

とても悲しいものを、あの日のフェリックスはまだ持っていなかっただろうものを、今の彼が抱いているからなのではないか。

ダリアはやっと、腑(ふ)に落ちた気がした。

第二章　理由よりも心を求めて

保護されて一週間。

「薔薇は品種ごとに咲く時期が違うから、年中楽しめるのがいい」

フェリックスが、庭園の薔薇の葉にそっと触れながら言った。ダリアはその隣に立ち、紅色の花びらでなく、瑞々（みずみず）しい緑の葉と薄桃色の健康的な爪先を見つめた。

「何か植えてほしい花があれば、取り寄せよう」

「ありがとうございます……でも、思い浮かびません」

「そうか」

フェリックスは、四阿で話して以来、毎朝の散歩につき合ってくれる。

ルイーズはつかず離れずのところにいて、フェリックスかダリアが呼べばすぐに来てくれる。

周りに人目がない中で、フェリックスはダリアが知りたいことを、話せる範囲で教えてくれた。

コルニクス国が辿ってきた、他国から見た歴史。暴動発生と王城陥落の経緯。そして新たにもたらされる現状報告。

コルニクス国では、王家と貴族中心の政治が続いていた。

民に不満はありつつもそれで統治が上手くいっている間は良かった。しかし、王家と貴族を支える民の怒りが爆発したのは、今の王——ダリアの父の、政治放棄がきっかけだった。

若くして即位したものの、あまり政治に関心がある王ではなかった。

ダリアが母とともに離れに住まわされるようになった頃、その傾向が強くなった。重税で民の負担は増していく一方で、世の景気も回復しなければ、治安も低下していった。

本来なら味方になるはずの貴族も、個人資産に税を課されたことで少なくない数の家が離反した。

民が蜂起して国内の重要拠点を占拠したのを皮切りに、瞬く間に王城へ攻め込んだ。無論、それに味方した貴族もいる。

コルニクス国は長年、戦争をまともに行っていない。にもかかわらず、民の動きは統率が取れていた。

本丸である王城の制圧は、まさに電光石火だった。

城内にいた国王と、王太子のセドリックは隠し通路から脱走を図ろうとしたところを発見、捕縛されたという。

「王城の奥深い場所、そして離宮で過ごした君ですら、国の空気が悪くなったことを感じていた。いやむしろ、街中でもなく中央でもない場所にいたからかもしれない」

「……」

「だからこそ君は冷静に見つめていたのだろう」

「いいえ。母が亡くなって、兄も来なくなって、悲しくて引きこもっていただけです」

太陽が昇るにつれて気温が上がると、薔薇の匂いも濃くなっていく。

この庭園は、母の庭園と違う。それでも、花があるというだけで、どこか懐かしい気持ちになる。

「……そんな悲しいことを言わないでほしい」

「悲しい、ですか？」

「ああ、とても悲しいことだ」

フェリックスが視線を伏せた。

長い睫毛(まつげ)が影を落とすのを、ダリアは思わず見つめてしまった。

ルブルム王国が今回の件に関わったかどうかは、はっきり答えてはくれなかった。

ともあれ、あまりに早く王城を制圧されたために、どのみちルブルム王国はどうしようもなかったのだろうと思われる。

そして捕らえられた王族や臣下達は、即座に殺されることはない。まずは裁判が開かれるはずだ、と、フェリックスは何度も言ってくれた。

どんな判決が下るとしても、終わるまでに最低でも半年はかかる。

(それまでに一度、せめて乳母やお兄様の様子だけでも知りたい……いえ、戻らなくてはいけない)

父はきっと断罪されるだろう。

王城に閉じこもって誰も顧みず、王の責務を投げ捨てていたことは事実だろう。

何かをしたのではない。

何もしなかったのが、父の罪に違いない。

では、兄のセドリックはどうなのか。

セドリックが父と同じように、政治から遠ざかったのは三年前。ダリアの母・ロベリアが死んだ後のことだ。

しかしそれまでの間は、セドリックの優れた手腕についてダリアも聞き及んでいた。

減税や治水などの工事に取り組み、積極的に視察にも赴いて民の声を聞こうと熱心だったという。

兄に何があったのか。

だが母の死を悼み、荒廃していく王城や国の様子に不安を覚えるばかりで、ダリアはそのことを深く考える余裕がなかった。

（話を聞いているだけでは解決しないわ）

ダリアは、唯一許された庭園での散歩中に、必死で考えを巡らせた。

朝食の後、正午になるまでの時間。フェリックスとルイーズはもちろん、見回る兵士もいる。

不自然な行動は見張られていると思って良いだろう。

だが、それでもわかってきたことがある。

見晴らしの良い庭園とはいえ、やはり幾つか死角が存在していること。庭園が南側に通じる位置にあること。

さらに、ダリアが保護されている敷地はフェリックスのものなのだが、彼以外の王族の気配が皆無ということ。

恐らく王城や別の敷地には居住していると思われるが、不自然なほど没交渉だった。

父に放置されて母と暮らしていたダリアですら、兄であるセドリックがよく出入りしていたし、時々であるが母方の祖父も訪問してきた。

たまたまと言われればそれまでだ。少なくとも、フェリックスの父であるルブルムの現国王は健在である。だが、母親や兄弟の話は、一切上がってこない。

王太子なのだから、兄弟はともかく、母親の話がちらりとも聞こえてこないのはいささか不自然な気もした。

そのことと関係あるのかは謎だが、この敷地内にいる侍女や世話係、兵達の人数は、王太子にしては少ない。

一方で、連帯感は強いように感じる。

とはいえフェリックスは公に認められた王太子なのだ。

ダリアとは事情が違うはずだ。なのに、必要最低限の人員しか配されていないのは、疑問が残る。

（もっとも、警備が手薄なら……隙があれば抜け出せるかも）

ここを脱出したいわけではない。ただ、知りたいのだ。しかしながらフェリックスもルイーズも、肝心なことはわからないという。

兄はまだしも、乳母の安否となると情報が入ってくる可能性は低い。せめて無事でいてほしい。

「フェリックス殿下、ダリア様」

ルイーズに声をかけられて、ダリアは我に返った。フェリックスもルイーズを見る。

彼女が自ら声をかけるタイミングは、決まっている。

「昼食のお時間ですわ。フェリックス殿下、本日はどう致しますか」

「……ダリア、一緒してもいいだろうか」

朝の自由時間は終わりを告げた。

「はい。喜んで」

頷くと、フェリックスが踵を返した。

庭園をより詳しく調べようとするなら、人の目を盗む必要がある。となると、朝は無理だ——夜を待った方がいい。

「ダリア」

「は、はい」

背を向けたまま声をかけられて、ダリアは思わず立ち止まった。フェリックスも、足を止める。

「この一週間、居心地は……まぁ良いとは言えないだろうが、できれば悪くないようにしたい」

フェリックスの声はとても柔らかかった。

ふわり、と、風が吹いた。

「と、とんでもありません。ね……寝るところがあり、食事も衣装も充分に贅沢(ぜいたく)です。どうしてそこまでしてくださるのか、疑問なほどです」

思わず、ダリアはどもってしまった。

むしろ今、コルニクス国の人間を保護するのは意味がないどころか、厄介なだけではないだろうか。

「疑問に思わなくて良い。むしろ俺の力では、これぐらいしかできないのだ」

「どういうことですか」

「君一人を守るので精一杯だ。だから、どうかその身を大事にしてくれ」

ドキ、とした。

もしかして、抜け出す機会を窺(うかが)っていることに気づいているのだろうか。

「命は徒(いたずら)に散らすものではない。生きていることは、何よりも尊いものなのだから」

その言葉に、ダリアは答えられなかった。

フェリックスが再び歩き出す。ダリアは、無言でその後についていった。

(どうして、助けてくれるの。妻にするって……本気なのかしら)

フェリックスの真意はわからない。

ただ、言葉の端々に滲む優しさ、そして——悲しさ。自分とは全く違う立場なのに、どうして似たものを感じるのか。

不安で揺れる気持ちは、幼い頃からずっと覚えのあるものだった。だが、それと少しだけ違うのにとてもよく似た新しい感情に、ダリアは戸惑っていた。

そして遥(はる)か遠くの空で、ゴロ……と、小さな音がするのを耳が拾っていた。

＊＊＊

夜になった。

窓から空を見ると、昼間は晴れていたのに、重い雲が垂れ込めていた。辛うじて月の光が隙間から漏れ出でているが、星は見えない。

(暗すぎる？　いいえ、きっとこれぐらいのがいいはず)

過去に人目を盗んで庭園へ行く時も、明るさはむしろ邪魔だった。

(まずはルイーズが来ないようにしないと)

ルイーズも不眠不休の生活をしているわけではない。

他の世話係もいるが、ルイーズほどあちこちに目を光らせているようには見受けられなかった。もちろんいい加減な仕事をしているわけではなく、ルイーズが人よりもそういう部分に気づきやすいのだ。

ダリアは、こっそりと部屋を出た。

ルイーズの代わりを務める世話係は用を足しに行っている。こういう時、通常は交替するが、体調が思わしくなさそうだったため「無理しないで」と言って、交替させずに手洗いに行かせた。

心苦しいが、チャンスだった。

昼は暖かいが、夜は肌寒い。そのために長袖のデイドレスが用意されていた。裾が長いが、いざとなれば裂いてスリットを作れば良い。

ルブルム王国に向かう道中で、護衛がそうすれば走りやすいと助言してくれたのを思い出したのだ。だが直後に彼は、獣からダリアを逃して――。

ダリアは、ぶんぶんと首を横に振った。

今夜は、完全に抜け出すのではなく、あくまで庭園からの抜け道の目星をつけに行くだけ。戻るために抜ける時は、明るい時間帯が良い。

騒ぎになる前に戻れば良いのだ。

(……よし)

世話係の足音が消えたのを確認して、ダリアは部屋の扉をそっと開けた。

廊下には誰もいない。

隣室で眠っているだろうルイーズを起こさないようにすれば、庭に出るのは容易いだろう。

抜き足、差し足。一歩ずつ静かに歩き出す。

靴を履いたままだと音を立てやすいので、手に持って手洗いとは逆方向に廊下を移動する。

もし手洗いに行かせた世話係が予想より早く戻ってきたら、今夜は諦める。できるだけ早く確認したいところではあるが、焦ってはいけない。

ルイーズの部屋の前を、無事に通過した。背後から足音もしない。

代わりにパラ、パラ、と、窓の外で散るような雨音がし始めた。

(雨だと少し厄介かしら)

曇っていると楽だが、雨足が強くなってしまうと厄介だ。

庭園へはいつも、正門ではなく裏にあるドアから出ている。ダリアに宛がわれた部屋は二階で、下へ行くには中央の階段を使わなければいけない。

裏のドアは内側からなら、鍵がなくても開けられることを散歩の時に確認していた。

（……？　人の気配がなさすぎる）

世話係とルイーズがこの館の中にいるのは確認している。

だが、見回りをしている人間がいてもおかしくないのに、一階はしんと静まりかえっている。

階段を下りた時よりも、慎重に、ダリアは裏口へと進んだ。

「――っ！」

あと数歩で裏のドアに辿り着く、というところで、何者かに腕を掴まれた。突然のことで悲鳴が出ず、ひゅっと喉が引きつった。

「こんな夜更けにどこへ行くつもりだ」

（！　フェリックス様……！）

ダリアは、ゆっくりと振り返った。

腕を掴んでいるのは、フェリックスだった。薄暗い中で見た彼は、眉間に皺を寄せてダリアをじっと見据えていた。

最初はルイーズだと思ったのだが、彼女なら声をかけるはずだ。

長袖のため直接肌に触れられたわけではないが、引き止める手の力が強い。驚きの余韻でまだ心臓がドクドクと鳴っている。

「夜の散歩は身体が冷えるぞ」

「そ、それは」

「それに雨が降り始めている。傘もなしにどうする」

迷った、という言い訳は通じない。なにせ毎日ここを通っているのだから。

ルイーズがあとから来ると嘘をつくか。ダリアは、考えながら右上を見た。だが考え込んでしまったことに気づいて、またフェリックスの方に視線を戻した。時間にして、そんなに長いものではなかったが。

「女の足では国境を越えるどころか、この城の外へ出るのも難しいぞ」

ダリアの目的は見抜かれていた。つぅ、と、背中に汗が一筋伝う。

「……心配なんです」

素直に言うしかない、と観念した。

「父や兄のことなら、王族ですから……最悪、命が奪われているなら、伝わるはずです。裁判を待っているという貴方の言葉も信じます。でも、乳母や従者達は……」

王女である自分を逃がしたことで罪に問われているに違いない。ダリアを逃がした直後に、殺されている可能性もある。

「君は聡明なのに、抜け出したらルイーズ達が罰を受けるかもしれないと、なぜ考えなかった」

「……っ」

「朝の散歩中、君の視線が何かを探っているのを、俺は気づいていた。思い過ごしであってほしかったが、残念だ」

真っ直ぐに見据える黒い瞳には、言い知れぬ圧があった。

聡明なんかではない。ただ、自分の気持ちだけで行動している身勝手で浅はかな女だ。そのために知恵を絞ったのだが、こうしてあっさりと露呈してしまう。

覚悟をしていたはずなのに、いざルイーズや世話係達に累が及ぶ事実を突きつけられると心が痛む。あまりに身勝手だ。

考えなかったわけではない。

ただ、考えたくなかった。

――仮に国境を越えて、コルニクス国に戻ったところで、乳母達の様子を確かめる術などないに等しいのに。

（本当に私は、何も考えたくなかったんだ……考えたら、自分が、あまりに無力だと思い

知ってしまうから）

じっとフェリックスを見つめ返していたが、涙が溢れそうになって、ダリアは反射的に俯いた。

ぐっと耐えたが、鼻が小さく鳴るのだけは止められなかった。

「もう少しだけ待ってはくれないか」

フェリックスが、先ほどの厳しさを潜ませて囁いた。

「君の父と兄については、これまで言ったとおりだ。しかし乳母達については、より深く探るよう命じて、消息を摑んで来させる」

「……できるのですか？」

ダリアは顔を上げた。フェリックスが、腕からゆっくりと手を離した。

「ああ。少し時間がかかるが必ず。約束するから信じろ、としか今は言えない」

信じろ、と、言われて——この人が何かをまだ、隠しているということに、ダリアは気づかざるを得なかった。

面識があったことを覚えていた。

ならば森で見つけてくれた時の、あの言葉は逆に納得がいく。

しかし最初に質問した時、持ち物でわかったと説明されたことを忘れていない。

小さな矛盾。

疑い出せばキリがない。

だが悪意があって、嘘をついたようにも見えないのだ。

悪意があるなら、人質としても価値のない人間にわざわざ侍女や世話係をつけて、王城の敷地内で面倒を見る必要がない。

たとえばコルニクス国が生まれ変わった時、王の娘を取り逃していると示せば、ルブルム王国にとって何か有益なことでもあるのだろうか。

いや、それはあまり考えられない。

むしろもっと別の目的があるような――利用するのとは、違う何かが。

それがどういうものなのかは、ダリアにはわからなかった。

「ごく普通の王女や令嬢は、己の不幸な身の上に嘆くばかりだろう」

「え……？」

フェリックスの「信じろ」に、すぐに答えられずにいたダリアは、続けられた言葉に戸惑った。

「だが君は、自分の足で走り、他国に救いを求めに行った。無事に保護されても、それを当然とは思っていない」

フェリックスの黒い瞳を見つめる。

真っ直ぐで、強くて、そして美しい。

灯りも満足になく、窓からも月の光は殆ど入らないのに、はっきりと見えていた。

「……だって、ここまでされる理由が思い当たらないのです。今の私になんの価値があるのですか」

それに、不幸な身の上を嘆くよりも、自分の身勝手さの方が今は恥ずかしく悲しい気持ちになる。

なぜ、信じられるというのだろう。

そう言いきりたいのに、声が震え、喉から出る前に消えてしまう。

しかし同時に思い出してしまう。

妻になればいいとどこか投げやりな言い方、兄弟を見捨てるような発言。

でもその一方で、銀の食器を用いらざるを得ないトラウマの影、そして信じろと告げた声。

この人はいったい何を考えているのだろう。何を抱えているのだろう。

どくん、と、心臓が変に鳴る。

戸惑うのは、ここにいた方が安全だという理性的な思考のせいではない。

フェリックスに感じ始めている感情。

身内との軋轢という経験を彼もしているようだ。むしろ身についてしまった習慣を思うと彼の方が深刻かもしれない。

仲間意識？　同情？　──違う。それなら、こんなに胸が痛いはずがない。

答えがわかりそうなのに、摑めない。どうしてそうなるのか、摑めないのだ。

「理由が必要か」

理由。

絡み合った思考が過去に引き戻っていく。

父はどうして娘と妻を顧みなかったのか。優しかった兄がどうして豹変したのか。

どうして、自分は王女に生まれたのか。

父を王の責務を果たしていないと断じる前に、自分とて責務を果たしていない。

王女として生まれなければ、可哀想な子だと周りが心を痛めることもなかった。

なのに守られてばかりだ。

何一つ、誰のためにも行動できないのに。

あらゆることに理由を見い出したいのに、求めたいと自覚した途端に何もかもが靄と消え、さらに真っ黒に塗り潰されていくような心地がした。

「……ダメ」

思わずぽつりと、勝手に声が出た。

脳裏によぎったのは、残してきた人々のこと。

「ダメ！　私は、やっぱり帰らなくては」

「ダリア……」

「たとえ父に疎まれたとしても、存在を認められなくても、私は王女なんです！　コルニクス国の王女なんです！」

そうだ。

自分だけが安全な場所にいるべきではない。

「王女なら、いいえ、人間なら、自分を大切にしてくれた人達を見捨ててはダメなんです！」

ダリアは力の限り、フェリックスの腕を振り払った。自分の中にそんな力があったことに驚きながらも、一瞬の隙を突いて身を翻した。

ドアにぶつかって、思いきって開ける。

雨はフェリックスと話している間に激しくなっていた。殴るように横打つ大量の雫。そして、遠くの空で稲光がぴかりと走った。

いつもなら一歩踏み出すことすら躊躇う豪雨だ。

だが怯むことなく、ダリアはドアの向こうへと駆け出した。

「ダリア！」

ワンテンポ遅れる形で、フェリックスの声が背後から聞こえた。

パシャッ、パシャッと、すでに出来上がっている水溜まりを踏んでいく。

昼間はあんなにキラキラと輝いて見えた、芳しい香りの庭園は、今はおどろおどろしいほどに暗く、花の匂い一つしない。

降りしきる雨が全身を突き刺す。

「はぁっ、はぁっ……ああっ！」

濡れた芝生に足を滑らせて、ダリアは泥濘に転倒した。ぱしゃんっと汚れた水が辺りに飛び散るが、雨にすぐ溶け込んでいった。

（行かなきゃ、行かなきゃ……！）

ぐっと腕に力を込めて立ち上がろうとしたが、つるりと手の平が滑って顔を思いきり水溜まりに突っ込んでしまった。

「ダリア！」

背後からバシャバシャと駆けてくる音と、名を呼ぶ声がした。

「来ないでください！」

ダリアは絶叫した。

「私のせいで人が死んで、あんなに大切にしてくれた乳母達も見捨てて、お兄様がどうなったかもわからない！　私だけ助かってもダメなんです！」

口の中に涙が混ざったしょっぱい雨が入った。

苦い。

立ち上がろうとしても力が入らない。

「うっ、うぅ……うっ……」

どうしてこの身体は動かないのだろう。無力だ。

「君の気持ちは、痛いほどわかる」

すぐ側で、フェリックスが汚れることを厭う様子もなく膝を折った。穏やかで、雨音に消されそうなほど小さな声だったが、ダリアは確かに聞いた。

「しかし、王女の誇りのために死に行くことを、君を愛してくれた人達は喜ぶのだろうか？」

「――っ」

「俺はそう思わない。どんな形であっても、君には生きていてほしいと願うだろう」

そっと、ダリアの肩に大きな手が触れた。温かく感じたのは、雨で体温が下がったからだろう。

「貴方に……私の、何がわかるというのですか」

言ってはいけないと理解している。だが、泥が入り込んで苦い口から、醜い台詞が溢れてきてしまうのを止められない。

「ああ、わからないな！　誇りのために死ぬなんて、本当はあってはいけないんだ！」

フェリックスが、一刀両断した。

ハッとなって、ダリアは彼をゆっくりと見上げた。

彼の黒髪が濡れている。雨の降りしきる暗い空の下だというのに、黒曜石の如き瞳が悲しげに揺らいでいるのが見えた。

(泣いているの？)

そんなのはっきりわかるはずがないのに、なぜかダリアはそう思った。

「俺は君を行かせたくない。いや、絶対に行かせない」

フェリックスが、そっと抱き起こしてくれた。

力強い腕なのに、ダリアの身体を無理に揺らすような強引さはなかった。

彼も雨で冷えてしまったらしく、冷たい指先が顔についた泥を涙ごと拭ってくれた。

「俺には、君が必要だからだ！」

「……どうして、そこまで私を……？」

一国の王子がこんな雨の中で必死に訴えるほどの、そんな利用価値が自分にあるのか。

フェリックスは、どうしてそこまでして引き止めるのだろう。

「君は聡明で大胆だが、もっと単純でいいんだ」

「……単純？」

しっかりと抱きしめられた。濡れた中に混じる薔薇の匂い。甘くて優しくて、緊張が緩んでいく。なのに、ドクドクと、心臓が高鳴っていく。

苦しいのに、苦しくない。矛盾する痛みを感じる。

「この国を君の故郷、この城を君の家にしたい」

「それは……私に、そこまでするなんらかの価値があるから、ですよね……？」

見捨てられた王女になんの価値がある。

むしろ今は、新たな戦いの火種でしかないだろうに。

態度も冷たくしたり優しくしたり、どうして心を惑わせるのか。

（はっきりさせてほしい。私を……どうしたいの……でも、私自身は……どうしたいの……？）

八年前の出逢いがあったから、きっと生きてこられた。

いつかハンカチを返す日までは、生きようと。

しかし、それはダリアの想いであって、フェリックスのものではない。

ここまでされるだけの、いったいどんな価値があるのだろう。

「君自身に、俺にとっての価値がある」

「……？」

「君を放っておけない。ずっとここにいてほしい」

自分の心臓がうるさかった。

だが、乱れた音は薔薇の匂いがする腕の中、フェリックスの布越しの胸からも聞こえているることに、ダリアはようやく気づいた。

（……初めてだわ。こんなに安心する腕の中……）

母とも兄とも乳母とも違う。

高鳴る胸が痛いのに、辛くない。同じ音がフェリックスからもしている。

（この音を信じて、いいのかしら）

初めて知った鼓動の響きだった。病気で息苦しい時や、驚いて心臓が飛び出そうになった時のものではない。

（いえ、違う。初めてじゃない……）

八年前も、感じていた。

『殻に閉じこもらずに羽ばたく勇気を持った時、君は今よりも美しくなる』

まだ幼かったにもかかわらず、あの言葉を受け止めた時、今みたいな音が胸の中に響いていた。

「……頼む。ここにいる理由が必要なら、俺の妻になれ。いや、なってほしいんだ。側を離れない理由にしてくれ」

頬に手を添えられる。

（でも、私のお父様とお母様は夫婦だったのに──離れ離れになった……）

だから、理由として、ダリアにとっては弱い。

しかし、心の奥から、弱くてもその理由に縋ってみたいと思う気持ちが溢れてくる。

「もう二度と危ないことはするな」

ゆっくりと顔を上げられる。雨の中を見つめ合っていると、どちらともなく顔が近づいていった。

「ん……」

初めての口づけは、泥のせいで少しだけ苦かった。だが、すぐに温もりが混ざり合って、蕩（とろ）けそうなほどに甘い味が広がっていった。

　静かに唇が離れていく。ダリアはぼんやりとしながらも、フェリックスの眼から視線を逸らさなかった。

「戻ってくれないか。このままでは風邪を引く」

　懇願するような声だった。

「――どこへも行かないでくれ」

　じんわりとまた涙が滲んでは、冷たい雨と溶け合っていくのを感じながら、ダリアはこくりと頷いた。

　頷かなければ、この温かな腕を永遠に手放してしまう。

　そんな気がした。

＊＊＊

　お互いずぶ濡れだったが、フェリックスが上着を頭から被せてくれた。彼の使う香水の甘い匂いが染みていて、彼に抱かれているような心地になった。

　手を握って、館へと戻る。すると、ルイーズが待っていた。

「浴室に湯を用意してあります。どうか身体を温めてくださいませ」

彼女はそれだけ言って、自室へと戻っていった。何かを悟ったかのような態度に、ダリアは少しだけ気まずい気持ちになったものの、湯を用意してくれたのはありがたかった。浴室はダリアに与えられた部屋と繋がっている。もちろん、使用人達が使うものは別にある。

フェリックスもそのまま、一緒に浴室に入ってきた。

「服を脱ぐんだ」

浴槽の湯を陶器の桶（おけ）に掬（すく）い、ダリアの脇に置いたフェリックスが一言、そう言った。

「あ……あの……待って」

「このままでは風邪を引いてしまう」

冷たさも怖さもない。ただただ、気遣うような静かな声だった。向かい合ったフェリックスが、ダリアの胸元に結ばれたリボンに触れる。

男性の前で肌を晒（さら）すのは、と思いながらも、ダリアはその動きを止めなかった。

しゅるしゅると、リボンが解かれていく。

顔が、一瞬にしていっそう熱くなる。

「……あのっ」

リボンが解けきって、締めつけがなくなる。うっかり動くとはだけて、胸が露わになってしまう。

「脱がないと清めることができないだろう」

「それは、そうですけど、あの……」

改めて、きょとんとした表情で言われてしまうとリボンを解かれたことすら恥ずかしくなってくる。

「――君は受け容れてくれたと思っていたのだが」

「えっ……」

「まだ、俺が怖いか」

受け容れてくれた、怖いか、という意味をダリアは推し量りかねた。

「あ……」

軽めの触れるだけのキスを唇にされて、その意味がようやくわかった。

「あっ、あの……っ」

雨に濡れたというのに、顔どころか全身が熱くて仕方ない。首筋から滲んだ汗が鎖骨へと流れる。冷たく感じないのは、その汗もきっと熱を持っているからだ。

「も、もうちょっとだけ、猶予をください」

「猶予?」

「……恥ずかしくて……でも、私……頑張って、覚悟を決めますから」

「覚悟……とは」

「貴方の妻になることです!」

　フェリックスに肌を晒す。

　その先のことも、ダリアは考えた。

「……男の人の前で裸になるの、初めてなんです。お、女にとって、その、肌を見せるのは……つまり、そういうことで……」

　どうしても曖昧な言い方になって、尻すぼんでしまう。

　王女にとって、肌を見せる異性はつまり夫となる人間しかない。

『お前は決して男と触れ合うな。外へも出るな。でなければ母親のように、汚らわしい女になる』

　父が最後に投げつけた、あの言葉を反芻（はんすう）する。ずきずきと、胸が痛い。

　母が汚らわしい女だとは、ダリア自身は一度たりとも思ったことはない。

　だが、大人になるにつれて、父の言葉の意味をより深く考えるようになった。

　男と触れ合うことは、身分のある女性にとって最大の禁忌に違いない。

母のことはたとえ父の勘違いだったとしても、ただの過ちで済まされないほどの行為なのだ。

──それほどの覚悟を決める相手は、フェリックスが良い。

あの温かな腕に、もっと抱かれたいと、願っている。

なのに、少しだけまだ、怖い。

「なので、お願いです……少しだけ、心を落ち着かせたくて……」

「それは、妻になるのを承諾する、でいいんだな?」

「……はい。でも、できれば正式な婚姻は……色々と落ち着いてからがいいです」

「わかった。今は、それで構わない」

フェリックスがくるりと後ろを向いて、自らの服を脱ぎ始めた。

ダリアも彼に背を向けて、するりと腕を袖から抜いた。

湯が入れられた桶には、身体を拭くための白い布も縁に掛けられていた。ダリアは布を湯に浸けてから軽く絞った。

(あっ、でも私が先に使ったらフェリックス様が使えない)

慌てて胸元を腕で隠しながら、ダリアは振り返った。

視界に入ったのは、僅かな灯りの中でも浮かび上がる白い背中だった。だが決して貧相ではなく、しなやかに鍛えられている。

だがじっと見つめていると、幾つかの傷痕が見え始めた。目を凝らさなければハッキリとしないいため、それほど深い傷ではなかったのだろう。

誰かに意図的につけられたものではなく、鍛錬でついたものなのかもしれない。

「ダリア」

「は、はいっ」

背を向けたままのフェリックスに名を呼ばれて、飛び上がらんほど驚いたダリアは、思わず声がうわずってしまった。

「猶予はこの浴室にいる間だ」

フェリックスが意に介した様子もなく、落ち着き払った声でそう告げてきた。

「ここにいる間……?」

ダリアが問い返すと、フェリックスが頷いた。

「ここを出たら、問答無用で君を抱く」

「っ！　そ、それは猶予とは言いません」

「違うのか？　君はいつまでとハッキリ言わなかった」

「う……」

そのとおりだ。だが、そんな急なことを言われても困る。

フェリックスになら、この身を委ねてもいい。委ねてみたいとさえ思う。

だからこそ、少しだけ待ってほしいと告げたのだ。

だがきっちりと期限を決められると、いっそう意識してしまう。

「グズグズしていると、君はまたあの国へ戻ろうとするだろう……」

「そんなことは」

「ない、と断言するか？」

ダリアは、緘黙（かんもく）した。

なおもフェリックスはこちらを顧みることはなかった。

「……違う」

だがフェリックスは、なぜか自身の言葉を否定した。ふるふると彼は首を横に振る。黒い髪の先から、雨の雫が散る。

「いや、そうじゃない」

「フェリックス様……？」

ダリアは、一歩だけフェリックスに近づいた。そしてその背に手を伸ばした。

「君が離れていくのが、怖いだけだ」

声がほんの僅かに、揺れている気がした。それは、ダリアの鼓膜の震えが聞かせた錯覚かもしれない。

「……離れたくない」

ダリアは、足をさらにトン、トン、と踏み出した。

「だ、大丈夫ですっ！」

「ダリア？」

「私も、離れたくないです。だから……覚悟、決まりました」

目の前に近づいたフェリックスの背中は大きかった。だがダリアは怯まずに、しっかりと腕を回して抱きついた。

肌が密着する。不思議と恥ずかしさはなく、ただ、皮膚越しに伝わってくる心音が少しずつ大きくなっていくのに、ダリアは安堵(あんど)を覚えた。

体温が混ざっていく。

言葉は、もう重ねなかった。

＊＊＊

さすがに一緒にバスタブに入る勇気はなくて、フェリックスはやや不満そうにしていたものの、交替で身を清めた。

寝間着に着替えた後、フェリックスに手を引かれて、ダリアは寝室に戻った。

隣室にはルイーズがいる。

世話係もまだ戻っていなかった。

そのことを告げると「ここには察しの良い人間しかいない」と、フェリックスが髪を梳いてきて、耳元で囁いた。

世話係は別室へ戻ったということなのか。察せられたと思うと、それはそれで恥ずかしいものだ。

(どうしよう、いいのかな。どうしよう)

キスをされたことで、頭がぼうっとしていた。だが理性が、完全に消えているわけではない。

「ん、ぅ」

悩んでいると、再び部屋の中心でキスをされた。

何度も何度も、啄むように。

濡れた音が混じるようになるまで時間はかからなかった。

「はぁ、あ……っ」

熱い吐息がこぼれ落ちる。

それはフェリックスも同じで、その息が半分開いた唇から入り込んでくる。

「あの、やっぱりちゃんと聞かせてください」

もう一度キスをしようと顔を寄せてきたフェリックスに、ダリアは告げた。

「私を妻にする、というのは……本心、なんですか？」

フェリックスがピタッと、唇を寄せるのをやめた。

「言わなくてはわからない、か」

だが顔を引くでもなく、そのまま吐息がかかる距離で訊ねてきた。

きちんと教えてほしい。

やはりまだ理由を探している。

どうしてここまでしてくれるのか。どうして、求めてくれているのか。

（違う。理由が欲しいんじゃなくて）

ダリアは間近に迫った黒曜石の瞳を、その力強さと揺れる熱に一瞬だけ視線を逸らしたくなったものの、眼を細めて見つめながら続けた。

「教えていただけると、嬉しいです。だって、こういうのは心が大事だから」

聞きたい。

フェリックスの声で、言ってほしいのだ。

欲しいのは理由よりも、心だ。

きゅっと、ダリアは唇を結んだ。

すると、フェリックスは眉を僅かに寄せて、黒い眼を細めた。

「君は俺の支えだった」

その一言は、小さい声で、しかしダリアにははっきりと聞こえた。

「あの日からずっと。母のために花を摘む優しくも気高い王女の君が」

フェリックスの腕が背中へと回されて、ぎゅ、と抱きしめられる。

彼は、唇や手は冷たいのに、胸は熱い。布越しでもわかるほどに。燃える何かを抱いているかのようで、ダリアはドキドキして止まらない。

「王女とか関係なくて……は、母に元気になってほしくて。だから、そんな優しいというわけではありません……」

むしろそれは、我儘(わがまま)だ。優しいと評価される行為ならば、乳母や侍女達が咎めるはずがないのだから。

王女らしくない。今は認められていなくても、いずれ公の場に出ることになった時に困るのはダリア自身だ、と。

そして父に見捨てられている事実に思い至り、乳母達はいっそう悲しんでしまう。それでもなお、花を求めて外へ出ようとしたのは、母が微笑んでくれるから。少しでも心の安らぎになることを、娘である自分がしてやりたかった。

（ああ、やっぱり私……ただの我儘な女なんだ）

胸が苦しい。

母のためとは建前で、本当は——自分が外に出たかったからなのではないか。

「王族の人間が、そんな優しさを見せれば、普通はつけ入られる」

フェリックスの表情は見えない。彼が抱擁を解かないからだ。しかし耳元ではっきりと言われて、ダリアは胸に痛みが生じた。

ぎゅっと、彼の背中に縋るように、爪を立ててしまった。

「とても危ない行為だが、君は物怖じしない。優しさを見せることも、懸命な姿を見せることも」

だがフェリックスは、咎めてこない。むしろ彼の方も、ダリアを抱きしめる腕の力をいっそう強くした。少しばかり息苦しいぐらいだった。

「……そんな君に、俺はだんだん憧れを強くしていった」

「憧れ……？」

「ああ。心の拠り所になったんだ。君がいなければ、今の俺はいない」

どうして、あの日、母のためにしたことが、この人の拠り所になったのだろう。

じわりと、涙が浮かぶ。

しかし悲しいからではない。温かいものが、いや熱いものが、だんだん溢れてくる。

「どうしたんだ」

「私が誰かの憧れや心の拠り所になるなんて、想像したことがなかったんです。信じられない」

いつだって、誰かの重荷でしかなかったのに。

ああはなりたくない、なんて悲しい存在なのだと、そう思われ続けて生きるしかないと思っていた。

「君は、君の思う以上に、周りに温かい影響を与えている。もっと自分を信じていい」

その言葉を受け止める資格があるのか。

何も返せないのに。ただただ守られているだけなのに。その上で、頼みごとばかりをしている。

フェリックスの方こそ優しい。

どうして変わってしまったと思ったのか。この人は、八年前に出逢ったあの時と、きっと何も変わっていない。

変わったと感じてしまったのは、何かがこの人の優しさを曇らせているからだ。

その何かを、知りたい。

「あ……」

抱きしめられたまま、首筋に唇を落とされる。ちゅ、と音を立てて吸われた。

腰が、なぜか痺れるようにふらつく。腕の中にいる限りは倒れることはないだろうが、立っているのが辛くなってくる。

「……寝台へ行こう」

「は、……はい」

答えた直後、身体がふわりと浮いてダリアは「ひゃあ！」と叫んだ。

フェリックスに軽々と横抱きにされて、あっという間にベッドへと運ばれてしまった。

仰向けに寝かせられ、組み敷かれる。いつもよりも、ベッドが深く沈むのは、フェリックスの分の重みが加わったからだ。

はぁ、はぁ、と、見つめ合っているだけで呼吸が浅くなっていく。

自分の胸がいつもよりも上下しているのが見えて、顔が熱い。

「んっ」

顔が近づいてきて、唇を重ねる。

フェリックスの逞しい背に腕を回して、縋るようにダリアは抱きつく。

「ふ、あ、んん」

ちゅ、ちゅ、ちゅ、と音を立てて何度もキスを繰り返す。

舌先で軽く歯を舐められて、ダリアは反射的に唇を開けた。そこへ、熱い舌がぬるりと滑り込んできた。

「あ、ぅう、んん、ふぅ、あ……」

唾液が混ざり合う。溜め込んでいられなくて、こくりと飲む。

(溺れそう……)

鼻からできるだけ空気を吸っても、身体が火照っていくと通りが悪くなる。唇と唇の間から取り込もうとすると、タイミングを誤るとむせそうだった。

しかし、それでも口づけを続けていたい。

少しずつ、フェリックスと交わっていく。

そんな心地がした。

「ん……」

フェリックスの指先が、うなじに滑り込む。首の後ろ側に結んでいる寝間着のリボンが、しゅるりと解かれた。

「あっ……あの」

「恥ずかしがらなくていい」

ちゅ、と、フェリックスがこめかみにキスをした。幼い子どもに、怖くないよとあやすような口づけだった。

リボンを解かれると、デコルテの締めつけがなくなった。

フェリックスの細い指が、つうっと首筋をなぞる。くすぐったくて、ピクッとダリアは震えた。

その指が、軽く襟元を引っかけて下ろしただけで、ぽろりと乳房がまろび出た。

ダリアの胸は椀型(わんがた)で、張りがある。ピンクの乳首の頂きがぷくりと膨れているのがちらりと見えて、ダリアは顔をそむけた。

「綺麗だ」

ため息交じりの声が聞こえてきた。

「や、いや、あの……恥ずかしい、ので、あまり……仰らないで」

「なぜだ。美しいものを美しいと、素直に言っただけだ」

フェリックスの視線が突き刺さる。ダリアからはそれが見えていなくても、彼がじっと見つめているのがわかってしまう。

「んんぅ……っ」

フェリックスの手が、膨らみをゆっくりと押し上げる。体温がほんの少しだけ低い指先が、乳輪の端を軽く弾いて、ダリアは身を捩らせた。

「ああっ！」

その反応に気を良くしたのか、きゅむっと、乳首を摘まれた。

男性に乳房を見られるのも、触れられるのも初めてだ。少し怖い。しかし一方で、もっと触れてほしくなる。

むにゅ、むにゅと、フェリックスの手が柔らかな乳房を揉む。

「あ、ああ……っ、ん」

「俺の手に、君の肌が吸いついて……離してくれない」

「そ、んな、こと……」

「ない、なんて言わないでくれ」

揉まれている間もキスをされて、緊張がだんだん解けていく。

くりくりと小粒を指の腹で潰されては、また軽く引っ張られて、ダリアはくらくらとした。

下着に隠れた場所が、切なくなってくる。

未知の感覚だった。

「や、ああ、んっん」

フェリックスが、唇だけでなく、首や鎖骨にもキスを落としていく。強く吸われて、そちらに神経がいくと、今度は胸をぎゅっと寄せられてその柔い圧にダリアは悶えた。

「本当に綺麗だ。可愛いよ、ダリア」

「フェリックス、様、ああっ！」

顔の位置をだんだんと下へずらしていったフェリックスが、すっかり勃った乳首をちゅっと吸って、ダリアはひときわ高い嬌声をあげた。

「やっ、ああっ、あ、はあぁ……っ！」

ちゅ、ちゅ、と、わざとらしく音を立てられて、そのせいで耳の中まで甘やかに支配されているような心地になる。

吸ったところで乳の出ない乙女の胸を、フェリックスのような美しい青年が懸命に吸っている。

愛撫のためだけの行為だ。

その光景を目の当たりにして、ダリアは、腹の奥底がきゅうっとした。

黒い髪に指を埋めるようにして、ダリアはフェリックスの頭をきゅっと抱きしめた。

「はああっ、あっ、ん！」

ちゅうちゅうと吸っていたと思ったら、軽く歯を立てられて、ダリアはびくっと腰を一瞬だけ浮かせた。

脚が、開いてしまう。

気づいて閉じようとしたが、覆い被さっていたフェリックスが片脚を間に入れてしまった。

「あ、ぅ」

乳房を弄んでいたフェリックスの右手が、いつの間にかすっと離れて、腰の辺りに触れた。布越しにその手はくすぐるような動きをして、ダリアは首を横に振った。

「ひあ、ああ、ひぅ」

太腿(ふともも)をさすられ、全身がもう敏感になってしまってダリアはいっぱいいっぱいだった。

「ダリア……」

名前を囁かれる。ぼうっとして返事をできないでいると、フェリックスの右手が寝間着の裾から入り込み、今度は直に太腿に触れた。

「ひゃあっ、な、なにを……！」

「一つになりたい」

はっきりと言われた。フェリックスが頭を動かしたので、ダリアは腕の力を緩めた。前髪を乱したフェリックスが、顔を上げる。圧迫してしまっていたのか、白い頬に朱が差していた。

黒い眼が、熱を宿して、少しだけ充血していた。

薄暗く窓から差し込む光だけでも、それがわかる。

「……一つ……」

「ああ。……君が欲しい」

ちゅ、と、唇を重ねられた。

もう何度目の口づけだろうか。

秘めた場所に熱がこもっていることを知られているのが、どうしようもなく羞恥心を煽(あお)って仕方ない。

下着が、するすると下ろされていく。

裾の中とはいえ少しだけ外気に触れると、思いのほか下腹部がひやっと感じた。

それだけ熱くなっていた、ということだ。

できるだけきゅっと付け根を合わせると、ぬち、という小さな音が聞こえた。

「っ、あっ！」

気づけば下着は引き抜かれていた。

太腿の内側を、フェリックスの手が撫でる。

「や、ああっ、フェリックス様……っ」

胸を愛撫する時より、より焦らすような動きで、ダリアは彼の名を呼んだ。

裾のせいで中が見えないのが、もどかしいような、しかし余計に身体の中が熱くなっていくような、矛盾する心地の中で、ダリアは呼吸を乱した。

「っ、ひあっ！」

太腿を丁寧に撫でていた右手の指先が、割れ目を掠めた。

それがわざとかどうかはわからないが、ダリアはたったそれだけで腰をぐっと上げてしまった。

「熱いな……」

フェリックスが喜色に満ちたような声をこぼす。

はぁ、はぁ、と、ダリアは息を弾ませた。

「ふ、んっ……あ、あっ、あ……」

すっかり熱くなった指先が、ついに潤んだ秘部にまで進んだ。

フェリックスが、淫裂に沿うように指一本を前後に這わせてくる。そんなことをすれば痛いはずだ。だが毎月経血を流すと理解している場所が、まるで蜜のようになめらかな液をとろとろと溢れさせていて、それが摩擦を和らげてくれていた。

「よく濡れている。とても……可愛い」

くちゅくちゅと、粘る音が大きくなっていく。

「っ、ひああっ！」

フェリックスの指先が、ちゅくん、と、雌芯に触れた。一瞬息を呑んで、ダリアは声をあげた。ぶるっと剝き出しの胸が揺れる。

「あ、ああっ、あっ、だめ、だめ、そこ、や、あ……っ、あああっ」

雌芯の先をつんつんとしてから、その下でどろどろと蜜を溢れさせる秘唇の入口をぐちゅぐちゅと弄られて、ダリアは尻を浮かせては落とした。

「だめ、だめです、そこ、汚……っ」

尿意とは違う、むずむずとしていた感覚がいっそう強くなっていく。腹がきゅるきゅると蠢く。

「汚くない。ここで君は俺を迎えるんだ……」

迎える、の言葉に、ダリアは蜜口をひくつかせた。自分では、制御できなかった。

「――まずは、指を」

「っ、んんっ！」

喉がつりそうだった。

ぬるぬるにぬめっている花壺(はなつぼ)を弄っていたフェリックスの指が、そのまま中へと入り込んできた。

（指、入って……いってる……！）

血だけでなく蜜も溢れる場所に、フェリックスが躊躇うことなく指を埋め込んでいく。

受け容れている自分の肉体が、信じられなかった。

結ばれるということはなんとなく理解していたはずだが、いざそうなると上手く頭が追いつかなかった。

「あっあぁあっ……！」

ずちゅずちゅと、フェリックスが根元まで入り込ませた指を何度も抜き差しする。

最初は奥側の内壁が擦れて、少しだけ痛みのようなものがあったが、すぐに濡れていった。

「ああ、あぁ、ああぁあっ」

フェリックスの指の動きが変わる。それで、本数がいつの間にか増えていることに気づいた。

（私、フェリックス様の指を……食べている、みたい）

暴れているのに、決して爪を立ててこない。しかし指の腹が容赦なく、膣襞を擦り上げて、ダリアを追い詰める。

チカチカと視界が明滅する。

何かが、もぞもぞとした熱なんかではない、もっと大きな波がきそうだと思った瞬間、ぬちゅりと指が引き抜かれて、ダリアは「あっ……」と、自分でも驚くほど名残惜しげな声が出て、きゅっと唇を結んだ。

「ダリア……」

濡れた隘路を弄られている間、まともに見られなかったフェリックスの顔。

上気して、眼が潤んで――息が荒い。

てっきり彼を食べているようだと思っていたのに、それは思い違いだったかもしれない。

キスをされる。何度も啄むようなキスだった。

「……ダリア、愛しいダリア」

「っ、――！」

愛しい、と言われて、返事をしようとした時。

蕩けた秘路の入口に、固いものが宛がわれた。ずぬ、ずぬ、と、それが少しずつ道を拡げていく。

「あっあ、な、なに……」

「……一つに、なっているんだよ」

「一つ……に」

これが、結びつき。

指よりも圧倒的な質量の熱が、膣の中を満たしていく。

これが、フェリックスの形なのだ——。そう思うと、ぴったりと合わさるように象られていく自身の肉体が、あまりに神秘的だと感じた。

この悦び。誰も、教えてくれなかった。

フェリックスが教えてくれている。

「……すまない、限界だ」

何が限界なのか、よくわからぬまま、ダリアはこくりと頷いた。

「っ、……っ、ひあぁっあ、あっ、くっ、ああっ！」

最初は、ず、ずっ、とゆっくりとした動きだった。だがだんだん、フェリックスの動きはしたないと思う余裕などなかった。

しかし、痛みよりも、なんとも言いがたいような疼きのせいで、ダリアは知らず腰を揺らした。

きっと、痛いと思うのが正しいのかもしれない。

大きな熱が暴れている。

濡れた肉がぶつかる音。律動のたびに、ぐちゅぐちゅと愛液を溢れさせてひくつく、繋がり合う場所。きゅうきゅうと子宮が動いているのがわかる。

「フェリックス様っ……あああーっ！」

「ダリア……ダリア……！」

嬌声以外は、名前を呼ぶしかできなくなった。

「な、なにか、くる……っ、んんっ、あああぁぁぁ！」

思わず口走ってしまった瞬間、ズンッと最奥を貫かれて、ダリアは喉を仰け反らせた。

チカチカしていた視界が、まるで爆ぜるように、ホワイトアウトする。

フェリックスの呻く声が耳を掠めた。

どぷ、どく、どくっ、と、自分の胎内でひときわ大きくフェリックスの雄が脈打ったのが激しくなってきた。

が伝わってきた。

フェリックスの熱が、子宮に注ぎ込まれていく。

その一滴も逃したくない。

ふわりと浮いていく意識の中で、ダリアはきゅうっと、自らの意思で力を込めて彼を締めつけた。

「……誰よりも……愛しい……ダリア」

フェリックスの掠れた声がして、ダリアは、ふっ、と唇を綻ばせた。

繋がりながら、キスをして——口づけを受けるのが心地好くて、ダリアの意識はゆっくりと眠りの中に落ちていった。

＊＊＊

鳥の囀(さえず)る音が聞こえてきた。

「ダリア様、大丈夫ですか?」

朝、起きるとフェリックスの姿はなかった。

あれは夢だったのか、と、ダリアは思ってしまった。だが身体に残る倦怠感(けんたいかん)に、唇の濡れた感覚、そして下腹部のずくんとした痛み――フェリックスに抱かれたのが、現実の出来事だと、それらが教えてくれる。

ぼうっとしていると、ルイーズが心配げに眉根を寄せて訊ねてきた。

「あ…うん、大丈夫」

「今日は散歩は控えた方が良いと、フェリックス殿下から仰せつかっております」

「えっ、フェリックス様から」

「はい。きっと体調が思わしくないだろうから、と」

その一言に、ダリアはかーっと頬が熱くなった。

それの意味するところをルイーズが知っているのか。思わずちらっと表情を窺ったが、柔らかさはあるが侍女らしく冷静な顔つきは変わらない。

「朝食は如何なさいますか。少なめが良いか、それとも」

「あ……いつもどおりで大丈夫よ」

「畏まりました」

扉の向こうに控えている他の世話係に、朝食について伝えに行くルイーズの背中を見ながら、ダリアは昨夜のことを思い返していた。

初めての情交。

男の人と一つになった。

いずれ王女として政治的な役割として他の誰かに嫁ぐ。幼い頃はそう思っていたものの、長ずるにつれて、それはないのではないかと考えるようになった。

娶るメリットがない。

なにせ、父である王の後ろ盾がまともにないまま、社交界すら出されなかったのだ。かと言って市井の人間と結婚というわけにもいかない。

乳母は「きっといつか認めてくださる」と期待して、礼儀作法など、可能な範囲で色々と学ばせてくれた。

それでも、一般的な王女はおろか貴族令嬢より学ぶ経験が劣る。

本は読んだ。兄に頼めば、王城の図書室から持ち込んでくれるし、母もよく本を読んでいてそれを借りることもあった。

貴族以上の親を持つ娘は、後ろ盾がないか、格の合う男性がいなければ未婚のまま生涯を終えることも珍しくない。

それらの本で、ダリアはそう学んだ。

自分は、男と触れ合うこともなく、子を成すこともない——それでいて世に羽ばたくでもなく、ただこの檻ともいえる王城の片隅で生きるしかない。

唯一の思い出となるのは、母のために花を摘んだ時の青年との触れ合いだけ。

仕方がない、とダリア自身は諦めるようになった。

だが自分を見て、母や乳母が心を痛める。

未来のない王女に仕える世話係や護衛達は出世できない。兄にも心配をかけ続ける。

哀れな子だと思われることが、ダリアにとって負担だった。

そういう運命ならそれなりに、折り合いはつけていくべきだと思っていたから。

可哀想な子だと、思われたくなかった。

だからこそ、思いがけずあの日の青年――フェリックスと再会し、妻にすると言われて戸惑った。

隣国の王太子。未来の国王。その妻。それも、政治的理由ではなく――。

憧れだと、彼は言ってくれた。

（まだ信じられない……）

これまで停滞した世界の中で生きていた自分にとって、この数日間はあまりにめまぐるしい運命の転換の日々だった。

（私だって、あの日から憧れていた。幼い私をレディとして扱ってくれた。哀れな子どもなんかではなく、一人の人間として）

今も、触れ合えばあの人はやはり優しい人だとわかる。

どうして別人かもしれない、などと思い込んでいたのだろうか。最初からわかりそうなものなのに。

（でも、確かあの頃のフェリックス様は「私」と自分を呼んでいたのに、今は「俺」と……もっとも八年も経てば変わることもあるし、あれは他人の前だったからと……）

いや、しかし、自分も他人だったではないか。再会してからずっと彼は、昔と違う一人称を使っていた。

違和感の正体はそれかもしれない。

だが、もう疑わない。そして彼は、何一つ変わっていなかった。

八年前に出逢った時の、温かな言葉をかけてくれたフェリックスは、今も存在している。

その彼と、昨夜――初めての口づけを交わした。そして肌と肌を重ね合わせた。

（……あああ……）

熱い顔がもっと熱くなる。

確かに怖いと思う気持ちもあった。未知だったからだ。だが、その恐れを覆い隠すほどにフェリックスは優しかった。

（やっぱり……好きなんだわ）

きっとあの八年前の日から。でも自覚するのが遅すぎる。

(単に流されて身体を重ねた、ふしだらな女だと思われたらどうしよう)

実際にそう捉えられてもおかしくはない。言語化が上手くできなかったのだ。

ダリア自身は、何一つ後悔はない。

彼の本質は変わっていない。

でも、何があったのか理解はしたい。

(言わなきゃ。昨夜は嬉しかったと。ちゃんと自分の意思で貴方と結ばれたんだと)

もしもがっかりされていたらどうしよう。

頭を抱えそうになった時だった。

「ダリア様」

「は、はい？　なに？」

「フェリックス様が、散歩の代わりに昼食を一緒に……とのことです。ですが、ダリア様の気持ちに任せるとのことでした」

ドア前の世話係から、そう聞かされたようだ。

フェリックスは朝早くに用事があり、時間がなかったとのことだった。埋め合わせに、昼に逢いたいと、先ほど従者を通して連絡があったらしい。

「如何なさいましょうか」

ルイーズの問いかけに、ダリアは、一度だけこくりと頷いた。

「是非ご一緒したいと、伝えて」

自然と口元が綻んでしまう。

昨夜のことを思うと、顔を合わせるのが恥ずかしい。

しかし昼食の誘いがあったということは、ふしだらだ、はしたないと思われたわけではない――と、信じたい。

「畏まりました」

そう答えたルイーズが、世話係に伝えに行くのかと思ったが、なぜか立ち止まったままこちらをじっと見ていた。

「なにか?」

「あ、申し訳ありません」

初めてルイーズが焦りを見せるような声で詫び、頭を下げた。

「いいの、でも、あの。私、顔に何か……ついてるとか?」

もしかして昨日の情事の痕跡が見える場所にあって凝視された、とか。

「いえ、そうではありません。申し訳ありません、その……正直に申し上げます。嬉しくて、つい」

「嬉しい？」

「はい」

そう言って、ルイーズはベッドに近づいてきて、床に直接膝をついた。

まだベッドから出ていないダリアと視線を合わせるためだ。

侍女がわざわざ、こうすることは殆どない。できるだけ淡々と仕事をする。ルイーズは優秀だが根が温厚ゆえに、その柔らかさは滲んでいるが、ここまで素を出すのを初めて見た。

「私の母は、フェリックス殿下の乳母として仕えておりました。娘である私も、そのまま側仕えをしています」

「……あの」

ダリアは、疑問を口に出そうとした。

ルイーズはずっとフェリックスの近くにいた。単なる乳兄妹ではなく、主従として信頼し合っている。

だが――もしもルイーズが、男性としてのフェリックスを密かに慕っているとしたら、とダリアはふと考えてしまった。

そんな想いを抱いている中で、ある日突然現れ、あまつさえ結ばれたダリアをどう思うだろうか。

だがルイーズは察したのか、先んじるように首を軽く横に振った。

「大変失礼しました。でも先に申し上げます。ダリア様の思うような感情は、私は持ち合わせておりません。私にとって王家の方々はお仕えする存在」

「そ、そう。……なんだかごめんなさい」

僅かにでも勘ぐってしまったことを、ダリアは恥じて詫びた。

「とんでもありません。謝られてしまっては、私が殿下に叱られてしまいます」

「そんな！　えっと、どうしたらいいのかしら」

「……心配してくださるのですね、ダリア様」

ふわ、と、ルイーズが微笑んだ。努めて感情を出さないようにしていたと思われる彼女の、心からの笑みを見て、ダリアは改めてルイーズの方に身体ごと向き直った。

ルイーズが、自分の領分を超えていると自覚しながらも伝えようとしているのだ。きちんと向き合って聞きたいと思った。

「ダリア様に求婚なさったこと、殿下から直接伺いました。殿下は、御年二十七。ルブルム王国の王族であれば、とっくに奥方を迎えているはずなのです」

それは、ダリアも不思議だった。

未婚で生涯を終える可能性があった自分と違って、フェリックスはこの国の次期国王だ。本来なら然るべき家の女性を妃に迎える。さらに二番目、三番目の妻を娶るのが慣例だ。

「ですが、国王陛下は……あえて自由にさせたのです」

「そうなの……？」

兄のセドリックも、妃は迎えていなかった。

あちこちの貴族が働きかけているだろうことは、ダリアですら想像できたが、それらを兄は断っていたようだ。

その真意は、ハンカチの主について訊ねることが憚(はばか)られたダリアにとって、なおのこと聞き出すことはできなかった。

「では、我が子達に寛大だったということ？」

結婚を自由意思とする、先進的な考えの王なのだろうか。ならば王妃達とも恋愛結婚だったのだろうか。

そんなことを考えてダリアが聞き返すと、ルイーズは首を横に振った。

そして、ちらりとドアの方を見てから、小声で続けた。

「自由というのは、結婚だけではございません。本来は嫡子が王太子となる。フェリックス殿下は最年長の王子ですが、お母上は第二王妃様です」

ルイーズの言わんとしていることが、ダリアにもわかってきた。

それを、侍女である彼女に言わせてはいけない気がした。

「……フェリックス様が王太子となったのには、とても複雑な事情がある……と、いうことなのね？」

その言葉に、ルイーズが一度だけ頷いた。

「殿下は元々、誰に対しても分け隔てなく明るく気さくで、人を信じることを恐れない……それが弱点と言う人もいましたが、今でも私はそれを、殿下の生まれ持った素質で、美徳だと思っております」

ならば今のフェリックスはそうではない、ということなのだろう。

「殿下は王城に部屋をお持ちで、かつてはそこで生活をしておりました。ですが……今は王城には執務以外で近づこうとしません。さらに側仕えの数を一気に減らし、必要最低限の人間だけで固めています」

ドクン、と、ダリアは心臓が妙な音を鳴らしたのを聞いた。

その変化が、まるで――。

（お兄様となんだか似ている……？　フェリックス様は何もしなくなったのではなく、王太子の地位に就いたからだけど。でも、お兄様も何か……変わらざるを得なかった事情が?）

フェリックスの複雑な事情が気になる。

だが、ルイーズから根掘り葉掘り聞き出すわけにもいかない。

そして同時に、兄のセドリックの変貌にも、決して人に漏らしてはいけない理由があったのではないかと、初めて理解できそうな気がした。

「ですから、私は嬉しいのです」

「ルイーズ……」

「お願いです、ダリア様。どうか、どうか殿下のお側にいつまでも！　出過ぎた真似だとわかっております。でも、きっと、ダリア様なら……あの方の抱えているものを、受け止めてくださると……」

ルイーズが頭を下げた。声は、抑えきれないと言わんばかりに震えていた。

彼女は優れた侍女だ。とても心優しく、勇ましい。

同時にフェリックスは、信じるべき人を信じられる人なのだろうと思った。

「……大丈夫。あのね、ルイーズ」

ダリアはそっと、ルイーズの肩に手をやった。顔を上げた彼女は、涙こそ堪えて流していなかったが、目元が赤かった。

「フェリックス様は……変わっていないはずよ」

「ダリア様」

「ずっとフェリックス様の側にいたルイーズからすれば、つい最近来た人間に言われても困るかもしれないけど」

結ばれた今なら、はっきりと言える。

「あの人の生まれ持った本質は……変わってないんじゃないかな、って。ただ、警戒心が強くならざるを得なくなっただけなんだと思う」

フェリックスの何をわかっているというのだろう。自分でもそう思ってしまう。

（知りたい。もっとあの人をちゃんと知りたい）

やることはたくさんある。祖国のことはまだ何もわかっていないし、自分だけが助かっている罪悪感だって残っている。

でも、フェリックスが「君を放っておけない」と言ったように、ダリアも彼を放っておけない。

本質が変わっていないからこそ、それを覆い隠すほどの昏い闇がある。

闇を晴らすか、ともに背負うか。

いずれにせよ、いつかはきちんと知らなくてはいけない。

これからは、もっと分かち合いたいと思う。

「……ダリア様には到底敵いません。とてもお強い方」

ず、と、ルイーズが一度鼻を鳴らした。だがスッと目元の赤みすら引くほど、凛とした表情に戻して、彼女は立ち上がった。

「改めてまして、このルイーズ。ダリア様に誠心誠意尽くします。どうぞなんでも仰ってください」

今までで一番深く、ルイーズが頭を下げた。

「うん、そうね。宜しくお願いします。……それじゃあ、昼食のお返事と……支度を手伝ってくれる？」

「はい！　畏まりました」

今までどおり無表情を取り繕うことなく、明るくはっきりとした声で、ルイーズが返事をした。

それが嬉しくて、ダリアはふふっと微笑んだ。

＊＊＊

フェリックスは、王城を出て自分に与えられた敷地内の道を真っ直ぐ歩いていた。

ダリアのいる館へ向かっていた。陽は随分と昇ってきていた。急がないと、せっかく昼食を一緒にしても良いと言ってくれた彼女を待たせてしまう。

昨夜は、ダリアを性急に抱いてしまった。

フェリックスは、後悔しているような、しかし悔いはないという不可思議な気持ちに囚われていた。

朝いちで確認しなくてはいけないことがあり、今朝は夜明け前にダリアの部屋を出た。

初めて男を迎え入れ、疲れ果てて眠るダリアが愛しかった。

額に貼りついた前髪を梳いてやり、唇を落としてできた紅い痕を指で撫でた。ダリアの寝息を、ずっと聞いていた。

いつまでもそうしていたかった。

だが王太子として、どうしても外せない執務がある。王城にはできるだけ近づきたくないが、行かないという選択肢は決して取れない。最低限しか行かないのも問題がある。

小さな隙につけ込む人間は、まだいるはずだ。

その隙が、命取りとなる。

亡国となったコルニクス国の王女・ダリアを保護したのは、そういう意味では大きな賭けだった。今のところ、彼女の存在はごく一部の人間しか知らず、またコルニクスの王女だと知る者はルイーズと救出時に伴った従者数名だけだ。

彼女は必ず保護しなくてはいけなかった。

（もっとも、こんなに早く結ばれるとは思っていなかったな）

結婚することで、彼女をルブルム王国の人間として保護する。コルニクス国側がなんと言ってきても、王太子の妃となれば手出しはできない。

そして国内では、ダリアに新しい身分を用意するつもりだ。

母の実家である侯爵家の縁戚にあたる臣下貴族の養女にさせた上で、改めて侯爵家に引き取らせ、社交界にも出して認知させる。すでに段取りはついている。

――母と、その実家は信頼できる。

父は、信用できない。

王としての手腕こそ、その冷徹なほどの合理的な判断力も尊敬に値する。だが、人としては心から敬えない。

その父も、一年ほど前に病を患った。今では回復しているが、身体が弱ったからといって精神まで変わってしまうような人物ではなかった。

『コルニクス国は見捨てる。どうにもただの暴動にしては妙だったからな』

そう言って、父は笑った。

同盟国ではないか。かつて小国だったルブルム王国が繁栄を極めたのは、コルニクス国の支援があったからではないか。

そう訴える前に、父は続けた。

『確かに、コルニクス国のおかげで我が国は成長した。だがその義理は充分返している。コルニクス国に同情してはならん。盛者必衰という言葉を覚えておけ。昔、他国の書で知った言葉だ』

黙するフェリックスに、ルブルム王は続けた。

『何事も冷静に見て、上手く立ち回れ。フェリックス。お前ならできる。第一王子の立場に甘えることなく、己の実力で王位継承権を確かなものにしたお前なら、余は国を譲ることができる。自慢の息子よ。ハッハッハ！』

あの哄笑（こうしょう）を思い出してフェリックスは、ぎち、と拳を握りしめた。

大国の王として、絶対君主として頂点に立つ父に学ぶべき点は多い。

だが、反面教師でもある。

（俺は父のようにはならない。人として……ああいう冷酷さは、持ち合わせたくない……）

ダリアの父であるコルニクス国王は、確かに長年良い噂を聞かなかった。

かつて一度だけ、非公式で訪問した。その時は対面を断られた。

だが王城は豪奢で供された食事も食べきれないほどだったのに、全体的に掃除が行き届いておらず、仕える者達の顔に覇気がなかった。

街はもっと酷かった。一見、中央区には大きな商館が建ち並んで、道行く人のまとう衣装も派手な配色が目を引いた。

だが馬車からでも、少し路地や奥を覗き込めば、薄暗くてゴミがあちこちに落ちているのが見えた。

中央がこれなら、郊外に行けばもっと凄惨だろう。貧しい人々が身を寄せ合う地域が幾つもあることは、フェリックスは事前にある人物から嘆きとともに聞かされていた。

『僕にできるのは、償いだけだ。そのために僕は……王にならねばならない』

国境沿いまで自ら送り出してくれた友は、そう打ち明けてくれた。

セドリック・コルニクス。

唯一無二の友だった。

『今からでも少しずつ、良くしていきたい。どこまでできるかはわからないが』

『お前ならできるさ、セドリック』

慰めのつもりはなかった。

だが一方で、セドリックだけの力で、疲弊したこの国をどこまで救えるだろうかとも、考えてしまった。

『だが、もう間に合わないと判断すれば、僕は悪になってでも、この国を生まれ変わらせたい』

セドリックは、清々しいほどの笑顔で天を仰いだ。

『その判断はいつなんだ。間に合わないなんてことはないだろう』

『僕の心から大切な人が、いなくなった時かな』

『おい、セドリック。その人とは』

『そうなれば、きっと僕は心を殺し、何者にもなれるはずだ。……そうならない方がいいのは、確かなんだけどね』

友の意外な一面を見た気がした。まるで、運を天に任せるような——たった一人の人間がいなくなるまでに、全てを変えられるかどうかなど。

目を覚ませと、殴ってでも止めるべきだっただろうか。

もっとできることがあったはずだ。彼も、自分も。

後悔しても遅い。セドリックはその道を選んでしまった。

手を差し伸べようとした時には、フェリックス自身が後継者問題で立場が揺らぎ、外へ出ることは叶わなかった。

結果として、自分は友を見捨てた。

（……ダメだ。こんな暗い気持ちを、もう顔に出してはいけない）

昔はもっとスマートに接することができたのに、どうしても数年来、年頃の女性への接し方が難しくなった。にこやかに笑えなくなってしまった。

王太子の座を摑んだ途端、すり寄ってくる貴族とその令嬢達。

第一王子でしかなかった頃は、自分への好意ゆえだと受け止めていたのに、それがただの打算だと思い知らされた。

いやすり寄るだけなら良い。蓋を開けると敵だった者達もその中にいた。

敵をなかなか見抜けられず、結果として妻を迎えないでいた。幸いながら父は「王位に就いてからでも遅くはない」と見逃してくれた。

好意を向けてくれるから味方だという考えは、捨てざるを得なくなった。

王子として生まれたのに、本当に、甘かった。

（でも、あの娘は……ダリアは、違う）

己の境遇に対して卑屈に嘆くでもなく、病に倒れた母のために花を摘み、それでいて王女としての矜持も持ち合わせていた。

日陰の運命に従っているようで、自らの足で助けを求めに来た。

自分を生かしてくれた者と残してきた者への未練と後悔に囚われて、しかしそれで塞ぎ込むだけでなく、英気を養って自分で動こうとするしたたかさ。

優しく聡明なのに、無鉄砲なところがあって――良く言えば大胆不敵。

なのに、理由を求めて迷う。この数日間でたくさん見た、彼女の色んな面。

放っておけない。

だがもっときちんと、伝えたい。

昨晩、繋がることを許してくれたとはいえ、単に保護のためだけの求婚だと思い込んでいるだろうから。

きっとまだ、ダリアは理由を探している。

そう思うと、逢いたい気持ちが溢れそうだった。

自然と足が速くなる。

こんな浮き立つような想いは、初めてだった。

人を信じることに躊躇わなかった頃ですら抱いたことはなかった。

館の前で、年若い女の世話係が立っていた。ナタリーという名前だ。彼女はこちらに気づいて、頭を下げてきた。

ここに出入りしている世話係は全て女性だ。男はあくまで外の警護や、連絡役にしている。もっとも、自分が生活している方の館では逆に男だけで揃えている。

さらに、同じ世話係でも、ルイーズは主人やその家族の側に仕える侍女で、ナタリーはさらにその下働きにあたるメイドだ。

「お待ちしておりました」

そう言ってナタリーがドアを開けた。

「……ん？」

館の中に入ると、何かを焼いている匂いがした。昼食の用意に手間取っているのか。この時間なら、もう料理は出来ていて冷めているぐらいなのに。

「時間を間違えたか」

訊ねると、ドアを閉めていたナタリーが、どこか楽しげな様子で眼をそっと細めた。

「いいえ、むしろちょうど良い頃合いでございます」

そう言って、彼女は案内のため先に歩み始めた。だがその足は食堂を通り過ぎて、さらに奥へと進む。

「そちらは厨房だろう？」

匂いが強くなった。食欲を酷く刺激する、焼いた小麦粉と肉の匂い。

「ええ、ですからちょうど良い頃合いなのです。ルイーズ様からこちらへ案内するようにと」

「ルイーズが？」

まさかこちらで食事を？　と思いつつ、世話係が厨房に続くドアを開けた時だった。

「焼けた！　すごいわ！　本当に私にもできた！」

厨房の奥から、ダリアの歓声が響いてきた。

（なんだ？）

なぜダリアが厨房にいるのだ、という疑問が浮かんで戸惑いながら、ナタリーに続いてフェリックスは、初めて館の厨房に踏み込んだ。

ダリアは、パイやグラタンを作るための大きな窯の前にいた。その隣にルイーズがおり、周りを料理を担当する女達が囲んでいた。

「色もバッチリ！　さすがね、ルイーズ！」

「ダリア様の手際が宜しかったのですよ」

「皆さんもありがとう！　ごめんなさいね、いきなり我儘を言ってしまって――」

くるりと調理人達の方へ振り返ったダリアと、視線がぶつかった。

「えっ、あの、どうしてフェリックス様がこちらに？」

ダリアの言葉で、調理人達がサッと周囲から散って、こちらに頭を下げた。

「申し訳ありません。ダリア様があまりに健気でいらっしゃるので、ナタリーにフェリックス様をこちらに案内するように、と」

ルイーズが、事もなげにそうあっさりと打ち明けた。

「ええっ！」

ダリアがささっと、手元にあった布巾で、窯のすぐ側のテーブルに置いていたものを覆った。彼女はいつもよりしっかりと髪を結い上げ、動きやすそうなデザインのドレスに、他の調理人達と同じエプロンを身につけていた。

「事実を申し上げましたら、きっと殿下は作るところから見たかったと仰るかと。申し訳ありません、出過ぎた真似でございました。殿下に厨房までご足労いただきまして……」

ルイーズが、深く頭を下げた。

「……いや。それは別にいい。その前に話がよく見えんだけだ」

ルイーズが首謀者だということはわかった。もちろん、それで処分するつもりは毛頭ない。

ダリアを見ると、顔を真っ赤にしていた。

「もし焦がしていたら恥ずかしいのに。大きな声を出してしまったし……それに、綺麗に盛りつけた状態で見ていただきたかった」

はぁ、と、ダリアがため息をついた。

「申し訳ありません、ダリア様。私の思慮不足でした」

ルイーズは素早く、今度はダリアに詫びた。

「あ、ううん。それは私の我儘だからいいのよ。ルイーズは私が作っているところを、フェリックス様にも見ていただきたかったのね」

「……はい。ダリア様がフェリックス殿下のためにと仰いましたので、是非にと」

「それならそうと、先に言っておいてほしかったわ」

「申し訳ありません」

「ああ、でもいいのよ、恥ずかしかっただけだから」

女同士で、明るい調子で言葉を交わしている。

ルイーズは、確かに人当たりが良い。だが必要以上に感情を見せず、確かな仕事をする。信頼をしている人間の一人だ。

だが、こんなに楽しげな声を出している様子を、初めて見た。

フェリックスは咳払いをした。すると、ダリアとルイーズ、そして調理人達が一斉にこちらを向いた。

「すまない。確認したい。もしかしてダリア、君は……料理をしていたのか？」

「はい。皆さんに、手伝ってもらいながら作りました」

ダリアは、隠すように被せていた布巾を外して、皿を両手で持って近づいてきた。

皿に載っていたのは、輝くきつね色に焼き上がったパイだった。こんがりとした小麦粉だけでなく、しっかりと肉の匂いもする。八等分にしても、ボリュームがある。

「ミートパイ……」

「ええ、そうです。昔、コ……えっと、家で食べたものを再現したんです」

「……君が」

「はい、私が」

「俺のために？」

「もちろんです」

コルニクス国、と言わなかったのは、きっとルイーズ以外は事情を知らないとわかっていたからだろう。

しかし、それにしても。

仮にも王女が自らの手で調理をするなど。

貴族や王族は、作ってもらうことが当たり前だ。フェリックスも調理をすることなど、一度も考えたことがない。

火傷をしたらどうするんだ？　もし指を切ったら？　よく見れば顔に少しだけ煤がついているではないか。

閉じ込められるように育ったがゆえに、教育を受けてこなかった――ということだったら、指摘すれば良いだけだ。調理人の仕事を取るべきではない、と。

だが違う。ダリアは後ろ盾こそいない王女だったが、きちんと物事を理解している。これが王女として非常識に近い行為だということを、きっとわかっている。

それでも、作ってくれた。周りに詫びて、感謝しながら。

自分が食べて美味しかったものを、自分の手で。

（俺のために……）

「ふ、……は、はははは！」

思わず、笑いがこみ上げてきた。

「ど、どうなさったのですかフェリックス様！」

ダリアの慌てた声が聞こえた。当然だ。ダリアの行為も非常識だが、いきなり人前で大笑ってしまわなければ――泣き出してしまいそうだった。

だがどうしても、腹の底から溢れてくるものを止められなかった。

声で笑い出すのも非常識だった。

「いや、すまない。驚かせた。いや、君にも驚かされた。君は本当に……放っておけない人だ。怪我をするとか、服が汚れるとか、危ないと思わなかったのか」

そういえば、自分で花を摘んだり、抜け出そうと考えたりする娘だった。

損得や常識ではなく、ただ相手のため、誰かのために何かをする性格なのだ。

しかし先ほどの様子では、きちんと調理人達にも謝罪と感謝の言葉を述べていた。

（……昔は俺もそうだった気がする）

幼い頃は、周りの人々がもっと笑っていた気がする。

いつの間にか奪ってしまっていた周りの笑顔を、目の前の娘が取り戻してくれている。

「あの、不愉快な思いをさせてしまったのなら、ごめんなさい」

「違う。ああ、うん、……嬉しいよ、ダリア」

素直に、本心を告げた。

何年ぶりだろうか、こんなにも晴れやかな心地で笑えたのは。

「味見がしたい」

非常識かつ本心を言ったついでに、頼みを口にしてみる。

「えっ、でも、すぐお出ししますから」

「久方ぶりに焼きたての料理を味わいたい。少しでいい」

ダリアが迷ったように、ちらりとルイーズの方に視線を移した。

助け船を出してもらうつもりだったのだろうが、彼女はてきぱきと、ナイフとフォークに小皿を用意していた。

観念したらしいダリアは、テーブルにパイを置いた。ルイーズが手早く切り分けて、小皿に一切れを載せた。

断面から挽肉（ひきにく）がぽろりとこぼれる。湯気が出ていて、まさに作りたてだった。

フェリックスの食事は、基本的にいつも冷めている。そして必ず銀の食器を使う。毒を盛られれば銀が反応するからだ。

小皿は陶器のものだ。ここの者達は信頼に足るが、以前のルイーズなら用心して銀の小皿を取るはずだ。だが、パイの色が美味しそうに見える別の皿をあえて出してきたのだ。

ルイーズは、ダリアに信頼を置いている。調理人達もだ。

そして何より、フェリックス自身もダリアを信じている。

調理をするために蒸し暑くなる厨房で、立ったまま、出来たてを味見するなど。

隙を見せている以前に、王太子としてもあり得ない。

だが抗いがたい。食欲をそそる。抑えられない。いやそれ以上に、どうしてもダリア手製の料理を、自分が真っ先に口にしたかった。

「どうぞ」

ダリアがパイの載った小皿を差し出す。手前にあるフォークを掴んで、フェリックスは一口大にパイを切った。

口を開ける。見苦しくないように小さくではあるが、本当ならみっともなくかぶりつきたいほどだ。だが、それはぐっと堪える。これ以上ダリアを驚かせるのは心苦しい。

熱い。

最初の感想はそれだった。

なるほど、ダリアがあとでと言ったのは、ある程度冷めた方が味わいやすいからだったのかもしれない。そうならば悪いことをした。

だが、熱さに慣れた直後に、味のついた肉の旨みがじゅわっと舌に広がった。パイ生地にも野菜が練り込んであるのか。芋の甘い味がした。生地は外側はさっくりとしているが、肉汁を吸った部分はしっとりと柔らかい。

温かくて、優しい味だった。

「どうですか？」

味わっていたために眼を閉じていたが、声をかけられて瞼を開いた。不安げに見上げてくるダリアの顔が、視界に入った。不味かったらどうしようと、こちらの様子を注意深く窺っている。その表情が愛しくて、眼が離せなくて、他の者達を見る余裕がなかった。

いつまでも嚙みしめて、口の中に留めたい未練を残しながらも、フェリックスはゆっくりと飲み下した。

「ああ、美味しいよ。とても。……とても美味しい」

賛辞を重ねた。それ以外に言いようがなかった。

ぱあっと、ダリアの顔が、まるで満開に咲く花のように綻んだ。

言葉がなくても、ダリアが喜んでいることがハッキリとわかる。

（なんて愛しいんだ）

出逢いは八年前でも、ともに生活するようになってまだ半月も経っていないのだ。

これから先、まだまだ違う顔を見せてくれるのだろうか。

（お前が託してくれた宝物を、俺自身の大切な人として）

フェリックスも、自然と口元を緩めた。

（必ず、守ると誓う。我が友、セドリック）

セドリックは悪になると決意していた。ならば、きっとダリアに憎まれるべき——つまりコルニクス国を捨ててほしいと願っているに違いない。

ならば、セドリックの意を汲んで、ダリアにそのことを話すわけにいかない。

そして明かせない秘密を抱えている以上、身体こそ繋げたが、告げて良いものか悩んでしまうのだ。

（君を心から愛している。だが、秘密ごと愛してくれなど、言えるはずがないんだ）

いつかきっと、ダリアも気づいてしまう。

フェリックスの不実を。

（手放したくないと願っても、その時がくれば、決意しなくてはいけない）

口の中の甘い後味が、切ない酸味を生み出して、いつまでもフェリックスの中に残り続けた。

第三章　初めて知った世界

ダリアがルブルム王国に保護されてから、一ヶ月近く経った。

「今日はどんな髪型にしましょうか」

「うーん、上の方で結い上げてみたいかも」

「畏まりました」

朝食の前に、ダリアは鏡台の椅子に座ってルイーズに髪を梳いてもらっていた。

結ばれた夜以降、フェリックスから語学や歴史、数学を学んでいた。

語学は特に興味深かった。コルニクス国とルブルム王国は言語系統がほぼ同じだが、つづりの書き方や単語の意味に微妙な違いがあった。フェリックスは、その違いを丁寧に、自ら書いて教えてくれた。流れるような、美しい筆跡だった。

敷地の奥にある馬場で乗馬を教えてもらい、庭園を散歩する以外にも外でできることが増えてきた。

乗馬は、コルニクス国にいた時は幼い頃に兄に少し習った程度で、初心者も同然だった。だがフェリックスがコツを丁寧に教えてくれたため、ドレスでもそこそこ安定して走れるようになった。

この穏やかな日々に、身も心も慣れ始めていた。

はやる気持ちはあるものの、フェリックスを信じて、ダリアは待つことにした。

少なくとも父や兄は、都のとある屋敷に身を置いているらしいことがわかった。王城での生活に比べれば不自由であるものの、衣食住は充分に与えられているようだ。

乳母達についてはまだわからないが、情報をまとめると無血開城だったため、暴動によって王族や貴族、王城勤めの人間が殺されたという話はない、とのことだった。

全ては裁判の結果次第。

貴族の中には、民衆の味方をした者が少なくなかったらしい。彼らは、裁判でももちろん民の味方をする。

人心はとっくに離れていたようだ。

最近はフェリックスも、そうした事情をきちんと話してくれるようになった。

『君はきちんと理解できるはずだから』

信頼されているのが、嬉しい。

さらに彼は、ダリアにはルブルム王国での身分をしっかり整えてくれると約束してくれた。

『コルニクス国のことは全て忘れろ。あんな国、君の生きる場所に値しない』

あの言葉は、迷わせないためあえて強く言ったのだろう。

だが、忘れて良いとは思えない。

いずれは戻らなくてはいけない。

裁判にも赴くべきだ。

そのためには、発言力を考えてルブルム王国の者となってから行く方が良いのか。それとも父に認められていなかったとはいえ、コルニクス国の王女として行くのが筋か。

戻りたい意思については伏せておいてダリアは、正式な婚姻や新しい身分について「しばらく考えさせていただけますか」とフェリックスに伝えた。

彼は「もちろんだ。じっくり考えてほしい」と、快く受け容れてくれた。

髪を大まかに梳き終えたルイーズが、香油を手にしてダリアの髪に塗り始めた。そしてより歯の細かい櫛(くし)でさらに丁寧に梳(くしけず)っていく。

「今日はとても良いお天気ですわ」

「そうね。夏が近いのね」

コルニクス国とルブルム王国は隣接していることもあり、多少の寒暖差はあるが、気候の移り変わりは似ている。

リクエストどおり、ルイーズはダリアの長い金髪を結い上げてくれた。うなじがしっかりと出て涼しい。パールの髪飾りがきらりと光る。

うっすらと化粧をした後、爽やかな水色に染めたシュミーズドレスを着つけてもらい、身支度がすっかり整った時、ドアがノックされた。

フェリックスだった。

ルイーズが対応する。フェリックスが部屋に入って良いかと訊ねてきたので、ダリアは頷いた。

「体調はどうだ」

「え、体調ですか?」

特に病気をしているわけではない。怪我もすっかり治っており、傷痕も残っていない。ルブルム王国の傷薬は本当に効果が抜群だった。

しっかりとした量かつ美味しい食事に、清潔なベッドに風呂、適度な運動で、むしろたった一ヶ月でコルニクス国にいた時よりも健康になったかもしれない。

「もし、不調がないなら、今日は一緒に王城を出てみるか」

「ええっ！」

　ダリアは耳を疑った。

「宜しいのですか？　だって今まで一度も」

　それだけは許してくれなかった、と言いかけて口を噤んだ。

　許されなくて当然だ。

　ダリアは一度、脱走を企てている。今でこそフェリックスを信頼して報告を待っている状況だが、万が一ということもある、と彼が考えていてもおかしくない。

　朝の散歩は必ずルイーズを伴うように言われているし、乗馬の練習などももちろんフェリックスが側にいる。

　あまり良くない言い方をしてしまえば、監視の目があるということだ。

　だからこそ、意外だった。

　とはいえ、フェリックスが一緒なら、抜け出すとしたら非常に難しい。それぐらいはダリアでもわかっている。

「都には、王家や貴族が使う品を納める店が多くある。治安が良い区域にしか行かないし、俺がついている。不安か？」

「い、いいえ。不安なんてないのですけど……」

いいのだろうか。万に一つ、と考えていないのだろうか。

ダリアにもう抜け出すつもりがないのだとしても。

「できれば、君には色々なことを知ってほしいと思っている。この国で民がどういう生活をしているのかも、少しずつ。閉じこもっているだけではわからない」

「……閉じこもって……」

己の境遇のことを言われていると思って、ダリアは僅かに視線を伏せた。

「ああ、気を悪くさせたならすまない。だが、本心だ」

こほん、と、小さな咳払いが聞こえた。ルイーズだった。フェリックスと同時に彼女の方を見た。

「恐れながら申し上げます。フェリックス殿下は、ダリア様に気分転換を勧めていらっしゃるのですよ」

「気分転換？」

「はい。つまり、デートです」

ルイーズはあからさまに笑ったりはしないが、声も目元もにこやかだ。

「デート……？　デート？」

自分で口にして、ようやく意味を理解して、ぽっと頬が熱くなった。

「ルイーズ」

フェリックスが、じっとルイーズを睨んだ。

ちらりと彼の顔を見やると、白い頬が少しだけ赤らんでいた。

「はい。申し訳ありません。出過ぎた真似を致しました」

さっとルイーズが頭を下げた。謝罪の速度は相変わらずだが、喜色は消えていない。

「お前、ここ最近で随分といい性格になったな」

「お褒めにあずかり光栄でございます」

顔を上げたルイーズは、どこか嬉しそうだ。

そのやりとりに、ダリアはなんだか可笑しくて、笑い出さないように堪えた。どうしても肩がぷるぷると震えてしまう。

「いや、出かけるといってもダリア次第だ。どうだろうか」

フェリックスが向き直ってきて、ダリアは、油断すれば笑い声を出してしまうのをぐっと呑み込んだ。

真剣に訊ねている。場の空気につられて笑うのは失礼だろう。

「はい。是非、連れていってください」

堪えた笑いの余韻までは消せず、少しだけ涙が目尻に残ってしまったが、それでもダリアは微笑んでフェリックスに答えた。

「……ありがとう」

なぜか、フェリックスの方が礼を言ったのを、ダリアは小首を傾げた。

礼を言うのはこちらの方だというのに。

だがその疑問を投げかけるより早く、ドアの向こうで「朝食は如何なさいますか」というナタリーの声がしたのだった。

＊＊＊

朝食を終えて、ダリアとフェリックスは王城を出た。

正門ではなく、フェリックスが所有している敷地から最も近い城門からだ。

馬場で一番堅強な馬に、二人で乗る。ダリアは鞍に座らされ、その鞍の後ろにフェリックスが跨がる形だ。手綱も彼が取っている。

ダリアはシュミーズドレスの上に、ウエストを絞ったジャケットを着ていた。こちらは濃い青を基調としている。

（髪、結い上げてもらって正解だったな。出る前にもちゃんと見たけど、乱れないように

しないと）

フェリックスは、濃緑のフロックコートに白いスラックスと、洗練されたデザインでまとめている。過度な装飾がなく、一見では王子とわかりにくい。

従者も、少し離れた場所で警護してくれている。何かあればすぐに駆けつけてくるはずだ。ルイーズ達、女性陣は王城の敷地内に残っている。

いわゆるお忍びのスタイルだ。

初めて行く、街という場所。

コルニクス国では、離宮と王城の行き来の際に遠目で見るだけだった。

「俺にしっかり身を預けろ」

「は、はい」

わくわくしてつい前のめりになりがちだが、そのたびにフェリックスに窘められる。

（……温かい）

背中から包み込むようにして、手綱を引いてくれる。鞍の後ろに座るのだから不安定だろうに、それを一切感じさせない。

安心する。

「暑くはないか」

「平気です」

「酔ったらすぐに言いなさい」

「……ふふっ」

「？　なんだ」

思わず、ダリアは笑ってしまった。

フェリックスからは表情が見えないだろうが、声で知られた。

「いいえ。フェリックス様って、なんだか心配性だな、と思って」

「当然だろう。君は大事な……」

「大事な？」

「……大事な人だ」

ダリアの身体を押さえる腕の力が、ぎゅ、と強くなる。

きゅ、と、胸が締めつけられるようだった。

大事な人だと言ってもらえることが、こんなにも嬉しい。

祖国の皆が大変なのに、こうして幸せに身を委ねるのは、やはり今も心苦しくないと言えば嘘になる。

一方で身勝手にもこのときめきにいつまでも浸っていたい——そう願ってしまう。

馬上であまり喋る（しゃべ）と不意の事故が起きかねない。その後は無言で道を進む。正門から進めばそのまま街を見下ろせるらしいが、違うルートから来たので全貌がわからないまま街へ続く橋に到着した。

すでに伝達があったのか、門番はスムーズに通してくれた。

橋を越えてしばらく進むと、一気に視界が開けた。

「……ここが、街なのですね」

ダリアは、ほう、と、ため息をついた。

大通りの左右に幾つもの商館が建ち並んでいる。その一つ一つが立派な煉瓦造りで、出窓には花も飾られている。

道もしっかりと舗装されていた。馬車などが通るところと徒歩の人間が歩くところが明確に分かれているので、事故が少なそうだ。

道を行き交う人々も、明るい雰囲気だ。

「ここが一番栄えていて、治安が良い中央区だ。残念ながら、ルブルム王国の全てがこうではない」

「私は祖国のこと、よく知りません。でも、こんなに明るい場所はどこにもなかった……と思います」

「コルニクス国の都なら、行ったことがある」

フェリックスが告げた言葉に、ダリアは思わず彼の方を振り返った。

コルニクス国の王城だけではなく、都にまで来ていたのは意外だった。

「君の言うとおりだ。最も華やかなはずの都が、淀んだ空気に満ちていたことを今でも覚えている」

包み隠さない言葉に、ダリアは視線を伏せ、再び前を向いた。

やはり他国の人間から見ても、そうなのか。いや違う国の人間だからこそ、はっきりと感じ取れたのかもしれない。

「……彼はそれを変えたかったのだろう」

「え？」

ぽつりと、思わず聞き逃しそうなほど小さい声で呟かれたのを、耳が拾った。ダリアが聞き返すと、フェリックスは「いや、なんでもない」とそれ以上は言わなかった。

街へ行くという以上の詳しい行き先を聞いていなかった。

ある建物の前でフェリックスが馬を停め、先に降りた。ダリアもフェリックスに手を差し伸べてもらい、ゆっくりと馬から降りた。

看板の文字と絵から、衣装店であることがわかった。

「服、ですか？」

「ああ。ここは俺の母の実家が懇意にしている」

「フェリックス様のお母様の……」

ダリアの身元保証を引き受けてくれた侯爵家出身の第二王妃のことだ。まだ顔を合わせてはいない。フェリックスが王太子になったことで、国母となった。

逆に正妃は、病気療養のために王城を出て保養地にいるとのことだった。実質的に第二王妃が第一の妻として扱われている。

「腕が確かな職人を多く抱えている。君の服を誂えたい」

「え、そんな。勿体ないです！」

ただでさえ、すでに何着も用意してもらっているのだ。保護された時に着ていたものは、森の中を駆けたためにボロボロになって破棄せざるを得なかった。

「今頂いている分で充分です。むしろこの一ヶ月で、人生で一番多く新しい服を持っています」

「俺が君に贈りたいんだ」

はっきりと告げられて、ダリアは口を噤んだ。

「……大事な人に、何かを贈りたいと思うのは、自然な感情ではないだろうか」

「でも」

「迷惑ならやめるが、そうではないなら受け取ってほしい」

迷惑なはずがない。むしろ嬉しい。

——甘え出すとどこまでも甘えてしまいそうで、怖い気持ちはある。

それでも、フェリックスが自分のために何かをしてくれる。甘えても、きっと彼はそれを許してくれるだろう——ダリアは、こくりと頷いた。

「ありがとうございます」

そして、ぺこりと頭を下げた。顔を上げると、フェリックスは嬉しそうに眼を細めてダリアを見つめていた。

「では入ろう。手を」

「……はい」

フェリックスにエスコートされて、ダリアは衣装店の中へと足を踏み入れた。

＊＊＊

初めて入った衣装店は、色とりどりの生地で溢れていた。

どれも上質なものであることがよくわかる。だがフェリックス曰く、ここにある分は実際の作成に使うものではなく、あくまで色合わせのための見本なのだという。

年若い職人が、商談を行う二階の部屋まで案内してくれた。広々としており、こちらにも多くの生地見本が用意されていた。壁にはデザイン画がたくさん飾られている。

さらに奥には工房があるのだろうか。職人が行き交う足音、話し声が聞こえてくる。とはいえ、壁が厚いのかはっきりと内容まではわからない。

「お待ちしておりました。私は店主のダン・ローと申します」

杖をついた白髪の紳士が現れ、恭しく頭を下げた。ダリアも一礼を返す。

「ダンは引退したが元職人でな。今は多くの職人を抱えて、一代でここまで大きな商館を持つに至った」

そうフェリックスが紹介してくれた。

工房の見習いだった頃から優れた腕を持っていた彼を、フェリックスの母方の祖父が見い出して支援していたらしい。

そして貴族のパトロンを得たことに胡坐をかくことなく、数年前に足を悪くするまでは、職人達に交じって工房にこもっていたのだという。

今は製作の現場を離れて、もっぱら経営と職人指導の立場だ。だが懇意にしている客には、自らデザインを手がけている。

「全てはシアーズ侯爵家のお引き立てのおかげでございます。さて、本日はこちらのご令嬢のドレスを、ということでしたが」

「ああ。新たに何着か誂えたい。もし既製品で良いのがあれば、それもお願いしたい」

しれっとフェリックスが、複数着作ると言い出した。

てっきり一着だけだと思っていたダリアは、慌てて「そんなにたくさんは」と首を横に振った。

「ダリア。きちんと採寸し、身体に合わせた服を持つことは重要だ。君に渡したものは全て普段着だし、今後は盛装も必要になる」

「でも、宜しいのですか？」

「これは贅沢ではない。必要なことだ。……まぁ、俺が贈りたいというのが大きい理由なんだ。頼むから遠慮はしないでほしい」

そう言ったフェリックスの頬に、微かに朱が差しているように見えたのは気のせいだろうか。ダンは、おやおやと言わんばかりに眼を細めている。

「お嬢様と、お呼び致します。何か好みのデザインや色はございますか？」

どうやらフェリックスは、事前に連絡した際に、ダンにそう呼ぶように言い含めていたようだ。そう察してダリアは頷き、辺りを見渡した。

染め物も織物も、どれも見事だ。特に煌びやかな金糸を織り込んだ純白の生地など、目が眩みそうだ。

（そういえば……フェリックス様のハンカチ、汚れたままだったわ）

ダリアの知らぬうちに彼の手で回収されたハンカチのことを、ダリアは思い出した。あれを返したいと思い続けて八年。あっさりと本人の手元に返ることになったが、汚してしまったことへの謝罪ができていない。

フェリックスはもしかしたら、気にしていないのかもしれないが。

「その生地がお気に召しましたか？」

「えっ」

純白の生地をじっと見つめていたからか、ダンに声をかけられた。

「それは花嫁衣装に用いられることが多い特別な生地です。一着分しか今は在庫がございませんが……」

「ではそれで一着頼む」

答えたのはフェリックスだった。

「え、でも希少なのでは」

「何度も足を運ぶより、今日でできるだけ作ろう。どの生地でも構わないし、それに」

フェリックスが純白の生地を手に取って広げ、そっとダリアの肩に沿わせた。

「うん。綺麗だ。普通は差し色があった方がいいだろうが、これは白を大きく活かす方が、むしろ君に似合う。……金と白をまとう君は、神々しいだろうな」

フェリックスと一緒にいると、心臓が本当に落ち着かない。

（……花嫁……）

妻にすると、彼は言った。

大事な人だとも言ってくれた。閨では愛しい、とも言ってくれた。

でも――愛しているではない。

（充分でしょう、大事な人で愛しい、なら。嫌われているわけではないのだから）

それなのにどうして、心は求めてしまうのだろう。

本当に、自分はなんて我儘なのか。

こうして大切にしてくれることが、愛以外であるはずがない。

明確な言葉まで欲しがってしまうなんて。

「それでは、他にもどうぞお選びください。お茶も運ばせますよ」

ダンの視線は穏やかだった。彼の目にはきっと、何のわだかまりもない――若き王子と、その恋人に見えているのだろう。

自分が、手にした純白の生地のように曇り一つなく輝く、真っ白なただの令嬢だったなら、その視線はただ嬉しかっただろうに。

でも実際は「愛している」の言葉を欲しがる我儘と、故郷を見捨てている現状を抱えたままなのだ。しかも亡国の王女などと他人には言えない。

――後ろめたさが消えたら、フェリックスのために輝けるだろうか。

そんなことを頭の隅で考えているうちに、数着分の生地を決めて、あとはダンにデザインを任せる段取りとなった。

フェリックスがこっそりと、既製品でも見立てて購入していたのをダリアが知るのは、館に届けられた数日後のことである。

＊＊＊

ダンの商館を出て、中央区を見て回るかと言われて、ダリアは頷いた。再び馬に乗って、ゆっくりと歩き出す。

「あれはなんですか？」

広場に出ると、木で建てた簡素な小屋のようなものが並んでいた。そこに様々な品物を並べており、小屋の内側にも外側にもたくさん人がいて、何かを言い交わしている。

軽妙な音楽も流れてきて、楽しげな雰囲気だ。

「市だ。そうか、今日は市が開かれる日だったか」

「市？　あれが市場なのですか」

名前だけは聞いたことがある。商館を構えない人々が、生産品や工芸品を持ち寄って広い場所で売買する。毎日ではなく、月に数回開かれるもので、これはコルニクス国でも開かれていると知識で知っていた。とはいえ、実際にはもちろん行ったことはない。

「ああ。一種の祭りのようなものだ。……興味があるのか？」

「……初めて見たので」

「では少し寄っていこう。俺の側から決して離れないように」

「！　はい！」

服飾店も素晴らしかったが、こうした活気づいた広場を見るのは初めてで、ダリアは心が浮き立った。

商談で時間がかかったこともあって、もう品数もだいぶ減って店じまいしたところもあるようだが、それでもかなりの人が残っている。一番混雑する朝は、通路を歩くことすらできないとフェリックスは言った。

「そちらのお嬢さん、まだまだ美味しい果物が残っているよ、おまけするからどうだい」

「あらま、貴族の方かしら？　いらっしゃい、珍しい骨董品がありますよ」

いわゆる客引きの声が、あちこちからダリアとフェリックスにかかる。

しかし強引に留めようとせず、あくまで声かけだけだ。

「都の市には、使用人だけでなく貴族本人が来ることも珍しくない。骨董好きの人間の中には、自ら掘り出し物を見つけに行くのが趣味という変わり者もいる。普通は商人に持って来させるものなんだがな」

「でも、趣味というのもわかります。自分で見つけに行くのって、ワクワクしませんか」

「そう、だな。君は花を贈られるより、贈りたい人だったな」

くすくすと、フェリックスが笑った。

「も、もう。フェリックス様ったら。私だって贈られるのは、嬉しいです。だから相手にも喜んでほしいんです」

「……君はどこまでも優しい人だな」

本当に思っていることを言っただけなのに、こうしてすかさず甘い言葉をかけるのだから、フェリックスの方がずっと優しい。

（このところ、冷たいなんて全く感じなくなってきた。……ルイーズの言うとおり、少しずつでも心が安らいでくれているなら、嬉しい）

我儘で頼ってばかりなのだから、その分だけ、フェリックスにとって安らげる存在になれたらと、この頃ダリアは強く願うようになっていた。

「あ……これ」

ふと、髪飾りを並べている棚の前で足が止まった。

花をモチーフにしたものが多いが、どれもゴテゴテとしておらず、シンプルなものだった。だが造花とは一見わからないほど精巧なものや、どういう素材を使っているのか表面がきらりと輝く黒塗りや赤塗りのものまである。

「いらっしゃい、お嬢さん。これはこの国では、うちでしか作れない品だよ。東国出身の職人がいるんだよ」

「東国？」

「ああ、手間がかかるから今は量産できない。でも自慢の品だよ」

確かにコルニクス国では見ないものだった。ルブルム王国で与えられたアクセサリーとも違う。

「漆か」

フェリックスが横から商人に訊ねた。

「ああ、ご存じでしたか」

「それ自体は珍しいものではないが……これは木彫りか。確かに腕がいいな。だが在庫があるということは、あまり売れていないのか」

「世知辛い話で」

商人が大袈裟にかぶりを振った。

「……。その職人を紹介してくれ」

「へっ」

「ある衣装店の主人が、服だけでなく装飾品の職人も雇いたいと言っている。もちろん、雇い主である貴殿も雇ってもらえるように取り計らう。……きっと人気が出る」

「は、はは、冗談でしょう」

「嘘ではない。すぐに紹介状を手配しよう」

横で聞いていたダリアは、ぽかんとした。

あっという間にフェリックスは商談をまとめてしまった。まさかこの露天商も、相手が王太子だとは思っていないだろう。

ダリアを物怖じしないとフェリックスは言うが、彼だってそうだ。

初めて会った人間の才覚を見抜き、そしてすぐ知り合いに紹介しようというのだから。

「じゃあ、ダリア。俺が見立ててあげよう」

「え？」

「そうだな。……ああ、良いのがある。きっと似合う」

そう言って、フェリックスは一つの髪飾りを手にした。それは赤と白の斑模様を再現した、ダリアの花を象ったものだった。

結い上げた髪に、そっと挿してくれた。

「……俺達の思い出の花だな」

「あ……」

それは間違いなく、八年前の出逢いのことだ。

「うん、薔薇と迷ったけど、やはり名前のとおりダリアが似合うよ」

そう言って、フェリックスはダリアが答える前に金を商人に払った。

ずっと覚えてくれていて、大事にされているのに――たくさんの贈り物も嬉しいのに、たった一言だけが欲しい。

（愛されていないはずがないと思うのに、どうして不安なんだろう）

空気に流されて言わない誠実な人なのだろう。でも――だんだん胸が苦しくなってしま

うのは、どうしてなのだろう。

フェリックスが従者とともに、商人と細かい話を進め出した時だった。

「……？」

ふと視線の端で、黒く小さいものが動いた。

ふらっと、誘われるようにダリアは歩き出した。それは広場の端にいた。

小さな子猫だ。足元が覚束なくて、弱々しくみいみいと鳴いている。周囲を見渡しても、親猫も兄弟猫もいない。

「貴方、どうしたの」

思わず声をかけて、ダリアは子猫を抱き上げた。

「……迷子なの？」

子猫は、ダリアに抱き上げられても嫌がらない。みうみうと鳴いて、それどころか、身をすり寄せるような仕草をした。

「お母さん、どこか行っちゃったの？」

猫の言葉はもちろんわからない。だが、子猫は「なーごなーご！」と、まるで肯定するようにはっきりと声を出した。

「……そう。独りは寂しいよね」

病気で亡くなった母。顔も覚えていない父。それでもダリアには、乳母や兄がいた。ダリアの逃亡に命を懸けてくれた護衛もいた。

フェリックスがいて、ルイーズやナタリー達もいる。

でも、それは幸運だったからだ。守ってくれる人達に出逢えたから、今も生きている。

生かしてくれている人達に、何も返せていない。

じわ、と、視界が揺らいだ。

みーう……みーう……。子猫が、大丈夫かと言わんばかりに小さく鳴く。

「……私、私は……」

「ダリア！」

背後から大声で呼ばれて、振り向く間もなく肩を掴まれた。驚いて子猫を落としそうになったが、ギリギリで手を離さなかった。

フェリックスだった。

息を切らせて、眉根をぎゅっと寄せていた。

「こんなところで何を！　ダメじゃないか、俺の側を離れるなと……いったい君はどういうつもりで……！」

「ご、ごめんなさい！」

「あ、あ……いや。すまない。俺も君から目を離したんだ……君だけの責任ではないな」

はぁ、と、フェリックスが深く息をついた。

どうやらあちこち捜してくれていたらしい。

「……しかし……それでも、……いや、無事で良かった」

フェリックスは怒りたいのだろう。

だが、それでも堪えて、ダリアの無事を喜んでくれている。

現にダリアに怖い顔を見せないように、眉根は寄せたままだが、彼は微笑もうとしている。呼吸が乱れていて、汗が滲んでいて、涼やかとはいえないが。

(私は、なんてことを)

これをフェリックスは恐れていたのではないか。

ダリアがこっそりと抜け出すこと。

そんなつもりは全くなかった。なんとなく、子猫を追いかけただけなのだが、フェリックスからすればそんなの知ったことではないはずだ。

「ご、ごめんなさい……本当に……」

「ダリア……」

「違うんです。抜け出そうとか、そういうつもりじゃなかったの……ごめんなさい。心配かけて、ごめんなさい」

こんなに心配して、怒って、でもそれを押し隠して笑おうとしてくれる人に「愛している」と言ってほしいなんて——傲慢が過ぎる。

愛してくれていないはずがない。それを信じればいいだけなのに。

人は、愛する相手のことを何より大事に想っているはずだ。

母にも乳母にも兄にも愛されてきて、わかっているはずなのに。

泣いてはいけないのに、ぼろぼろと涙が溢れて止まらなかった。

「わかっている。わかっているんだ。……ただ、君が消えたと気づいた瞬間、身も心も凍りついたんだ……」

「ごめんなさい……」

「もう謝らなくていい。いいんだ。君が無事で本当に良かった。……何も怖いことはなかったか？　誰かに声かけられたりは」

ふるふるとダリアは首を横に振った。すると、決壊したように目尻からさらに涙が溢れてしまった。

「……泣かないでくれ」

「ごめん、なさい」

「謝らなくていいから。……もう、俺の前からいなくならないでくれ」

「……はい」

こくりと、ダリアは頷いた。

すると、すでに呼吸が整ったのか、ふ、とフェリックスが眉根を開いた。そしてポケットから白いハンカチを取り出し、ダリアの目元にそっと宛がった。

（これ……）

その感触に覚えがあった。

「……あの時のハンカチですよね？」

ダリアが訊ねると、フェリックスは「ああ」と答えた。

「君が命懸けで返しに来てくれたハンカチだ」

「申し訳ありません。それ、汚してしまって……あの時、花を強く握って、そのせいで茎から汁が出てしまったんです」

懸命に綺麗に洗ったんですけど、と、ダリアはつけ足した。

すっかり涙を拭き終えてから、フェリックスがそのハンカチに視線を落とした。

「構わない。君が大切にしてくれていたのは、一目見てわかったから」

「あの、処分はしないんですか？　それともとても大事な品だったのでは……」

「処分しない。思い出の証だ。でも仕舞い込むよりも、きちんと使ってあげる方がいいと思ってね」

そう言って、フェリックスは丁寧にハンカチを畳んでポケットに入れた。

「それで、だ。なぜ側を離れたんだ。理由があるのでは」

「あ、それは……」

ダリアは、すいっとフェリックスの顔の高さまで子猫を掲げた。

子猫が「みゃーう！」と高い声で鳴いた。

「猫？」

どうやらフェリックスは、ダリアが抱えていた子猫は眼中になかったらしい。今、やっと気づいたようだ。

それぐらい、ダリアを心配してくれていたのだ。

「はい。迷い猫みたいなんです。この子が気になって追いかけてしまったんです」

「……本当にお人好しだな。いや、この場合は猫だからどう言うんだろうな」

ぷっと、フェリックスが吹き出した。

さすがに、ダリアもむすっと頬を膨らませた。

「初めて会った人にお仕事を紹介するフェリックス様もすごいと思います」

「褒め言葉かな。あれは、本当に良い仕事だなと思ったからだよ。でも君が足を止めなければ気づかなかった。ダリアのおかげだ」

「そんな、おかげだなんて。……あの、とても綺麗だなって思ったんです」

「ああ。技術自体は知られているんだが、以前は粗悪品も多くて、貴族のウケが悪くて流行らなかった。そのうちにあまり見なくなった。まさかこんな市井で発見するとは」

フェリックスは感心したように言った。

「ダン・ロー様のところで働いてもらうのですね」

「そうだ。彼は本物を知る男だ。君のドレスも、きっと良いデザインで仕上げてくれる」

「フェリックス様は……とても、人が大好きなのですね」

そう告げると、フェリックスは黙った。だが、少しだけ何かを考えるように口元を擦ってから「――そうだな」と小さく答えた。

「ところで、この猫はどうするつもりだ」

「あ……その」

そこまで考えていなかった。気になって抱き上げてしまい、どうもすっかり懐かれたようだ。

王城の敷地内で飼うのは難しいだろうか。

いや、居候も同然の保護されている身でさらにお願いするのは――しかも今日はドレスも髪飾りも贈られている。

「どうしても放っておけなくて」

ダリアは、言葉を続けた。

「私も母も、口にはしないように頑張っていたけど、やっぱり父に顧みられなくて……寂しくて。見捨てられないんです。……お願いです。この子を側に置いてもいいですか？　もう中途半端な情けは、今後はかけないようにしますから」

野良猫はきっとたくさんいる。それら全てに同情してしまうのは、優しさではない。もしかしたらこの子も、本当は近くに親猫がいるのかもしれない。

ただ、この子は――たまたま視界に入って、追いかけてしまった。そして今も懐かれている。惹かれ合う何かがあったと、確信できる。

無理を承知で、ダリアは言った。

「君にお願いされたら、俺は断れない」

はぁ、と、フェリックスはどこかわざとらしげにため息をついた。だが、その顔は微笑みを湛えたままだ。

「なかなかの美猫だ。人懐っこいし。きっとルイーズ達も喜ぶ。動物好きが多いんだ」

「じゃ、じゃあ……」

「ああ。連れて帰ろう」

「ありがとうございます！」

良かったね、と、ダリアは子猫に告げた。子猫は「にゃー！」と、二人の会話を理解しているかの如く、元気に鳴いた。

「……ドレスを贈った時よりも元気なありがとうだな」

くくく、と、フェリックスが低く笑っている。

「そ、そんなつもりは」

「いいさ。少しばかりこの猫に嫉妬したに過ぎない。……帰ろう、ダリア」

「はい」

手は繋げない。だが、寄り添ってダリアはフェリックスとともに、停めている馬のもとへ向かった。

＊＊＊

「というわけで、オリーブは取られちゃいました」

「そういえば動物好きが多かったな」

夜、ダリアはフェリックスに帰宅後のことを打ち明けた。すでにリラックスした部屋着をまとい、テーブルを囲んで二人して茶を飲んでいた。

ここはダリアが普段生活している棟ではなかった。帰宅して夕食を終えた後、今夜は本館に来ないかと誘われたのだ。

本館は、フェリックスが日常を過ごし、執務も行(おこな)っている館だ。世話係は男性しか基本的にいない。

だがダリアが誘われた今夜は、ルイーズも別室にいる。とはいえ、夕食も終わった今は伴をしただけのようなもので、呼ばない限りは来ない。

ダリアは、フェリックスの私室に招かれた。ベッドはダリアのものよりもずっと大きく、テーブルなどの調度品は重厚なもので、やはり装飾は少ないものの品質の良い素材を使っていた。絨毯(じゅうたん)も西方から取り寄せたものだという。

何よりも、フェリックス自身の匂いがした。

本人は気づいていないかもしれないが、彼がここで生活しているという何よりの証で、ダリアは内心ドキドキしていた。

「皆で世話すると張りきっていました」

ダリアは子猫を連れ帰った経緯をルイーズ達に説明した。

子猫は黒い毛並みから『オリーブ』という名になった。若い実の淡いグリーンではなく、熟した黒色をイメージしたようだ。長生きしてくれるように、と。

(そういえば、一番喜んでいたのはナタリーだ。ナタリーだったな)

オリーブの名を提案したのはナタリーだ。良い名前が浮かばなかったダリアは、その名前に賛同した。

ナタリーは猫が好きなのだが、住み込みの身では主人が飼わない限り猫の世話はできない。なのでとても嬉しかったのだという。

『ダリア様が来てから、ここはとても明るくなりました。いつかきっと、王城も、この国も……もっともっと明るくなりますね』

ナタリーがオリーブの喉をくすぐりながら、ダリアに言った。

ルブルム王国は充分、コルニクス国に比べて明るくて活気のある国だと思う。だが、それ以上は聞かなかった。

フェリックスには自分が世話をすると宣言したのに、すっかり世話係達に取られてしまったのを、ダリアは残念なような、それでいて約束を守れそうになくて反省するような気持ちになっていた。

「世話係達のやりがいに繋がるならいい。俺も、動物は好きだ」

「まぁ。どんなのがお好きなんですか？」

「犬と馬、かな。犬を小さい頃に飼ったことがある」

だがもう十年以上前に死んでしまって以来、飼っていないとフェリックスは語った。

「俺にもまたオリーブに会わせてくれ。懐いてくれるといいが」

「大丈夫です。人懐っこい子なので。もうすでに世話係達が夢中です。向こうにおいでいただいたらいつでも……」

「……それなんだが」

フェリックスの声のトーンが低くなった。

「ダリア。こちらに移らないか？」

「え……この本館に、ですか？」

「ああ。もちろん、ルイーズ達の部屋も用意しよう。俺が逢いに行くのではなく、ここでずっと一緒に。元々あちらは、あまり使っていなかった」

以前はこの本館で執務を行い、休むために使っていたのがダリアのいる別棟なのだが、非効率的だと感じて本館で生活するようになったのだという。ダリアが来るまでは最低限の管理のため、使用人達が詰めているだけの状態が続いていた。

ダリアを別棟で生活させていたのは、大きく変化した環境に慣れさせるためだったと、フェリックスは続けた。

「こちらの方が広く、君の部屋もすぐ用意できる。それに、長く一緒にいられる」

そっと、テーブルの上に置いていた手に、フェリックスが己の手を重ねてきた。

「フェリックス様が、宜しいのでしたら喜んで」

返事をすると、フェリックスが「ありがとう」と言い、身を少し乗り出して唇を重ねてきた。

「……ベッドへ」

唇をほんの僅かに離してから、フェリックスが囁く。

ダリアは、今度は無言で頷いた。

＊＊＊

ダンのところで、フェリックスは妙なものを買っていた。

「ああ、よく似合うよ……」

ベッドの上に二人とも乗り、向かい合って腰を下ろしている。

柔らかく繊細で半透明の白生地で作られたワンピース型のドレス——なのだが、通常はこうした透ける素材の場合、下にもう一枚重ねる。

だがフェリックスは下着すらつけるのを許さなかった。

フェリックスは寝間着の前を寛がせているだけだ。

視線が、刺さる。

触れてはいないのに、全身のあらゆるところを触れられているような錯覚がする。

ぽうっと、頭の芯が熱くなっていく。

「……あまり見ないでください」

フェリックスの顔をまともに見ることができない。

だが俯いても、フェリックスの視線から逃れられない。

もちろん、強制ではない。「きっと似合う。見てみたい」と囁かれ、服を全て脱ぐよりは恥ずかしくないと思ったのだ。

しかし、裸身よりもこれは、羞恥心を煽る。

さらりとした生地が、肌を擦る。特に尖った場所——ピンと勃った乳首が、僅かにでも動くたびに甘く擦れて息を吞む。

フェリックスの大きな手が、ついに頬に添えられる。

「んっ……」

唇を重ねて、舌を絡めて求め合う。

抱き寄せられて、ダリアも腕をフェリックスの首に回した。

「んぅ、あ、ん……っ！」

腰に回された手が、するすると、生地越しに肌を撫でる。くすぐったいのに、心地好くて、ダリアは唇と唇の間から息とともに甘い声をこぼす。

「ひぅっ！」

ひときわ高い声が出たのは、その手が腹と恥丘を撫で始めたからだ。

裾が長いため、こちらも直接は触れない。

「あ、ああ……あっ」

キスをしていられない。

「君の肌は本当になめらかだな……」

「き、生地の、せいです」

「いや……間違いなく、君の肌の方が綺麗だ」

撫でられていると、だんだん下腹部が熱くなってくる——子宮が、きゅうっと動くのが自分自身でもわかる。

「乳首もこんなに色づいているのが、布越しでもよくわかる」

「っ……！」

尖りぶりだけでなく、色まで——薄暗いからハッキリとは見えないはずだ。煽るのが目的の台詞だと頭の隅で考える。だが、眼が闇に慣れて知られているのかもと思うと、ふるっと腰が震えた。

「っ、ふ、ああっ」

フェリックスの長い指が一本だけ、あろうことか裾に入ることなく、布を挟んで淫裂に滑り込んできた。

「もうこんなに熱い……」

「やっ、ああ、っ、ああんっ」

くちゅくちゅと、キスと愛撫の間に熟れた秘部を弄る。

「あ、あ、だめ、だめです、い、い……っ」

雌芯をくりくりとされて、ダリアは膣口をきゅうきゅうとさせた。

いつもと違う触感に震える。布のせいで奥へと入ってこずに表層だけをくすぐられて、だんだんともどかしくなってきてしまう。

「は、あ、ああ……」

　頭がふわふわとする。すると、フェリックスが指の動きを止めないまま、ゆっくりとダリアをふかふかのベッドに組み敷いた。

「んんぅ、あ、あっ」

　唇を奪われて、次は首筋、鎖骨へとキスされる。脚を閉じることができずに、かといって達することも許されずに、ダリアは悶えた。

「は、ああ……」

「……綺麗だ、本当に」

　うっとりとした声音で囁かれて、ダリアは喉を仰け反らせた。

「っ、うう」

　胸乳を食まれる。じわ、と、フェリックスの熱い唾液が広がる。とっくに勃った頂きを舌先で突かれて、ダリアは、は、は、と断続的な呼吸を繰り返した。

　唾液、汗、愛液――。

　透ける服は、お互いの体液でドロドロになっていく。

（気持ちいい……）

　全身を愛撫されていく。

　甘い疼きがあちこちで起きて、そのたびにダリアは弱めに達した。

だが、絶頂にはほど遠い。

「ひあ、あああっ」

直接触れてほしい、奥に欲しいと言ってしまいたい。

だが、どうしてもまだ恥ずかしい。

「ダリア……可愛いダリア」

「っ、んぅ」

「どうしてほしいか、言ってごらん」

ダリアのもどかしさを察したかのように、フェリックスが耳元で囁く。耳朶を噛まれて、

ダリアは「ひあっ」と叫んだ。

どうしてほしいのか。

そんなの、言わなくたってわかっているくせに。

そう言ってしまいたい。

「――、と」

「ん?」

フェリックスが煽るように、耳の穴をちゅるっと舐めてきた。

「っ、ぅ!」

「言わなくては、わからない――」

「……と」

「よく聞こえないよ」

「……愛している、と、言ってほしいです……」

そう呟いた時、フェリックスがピクリと肩を一瞬震わせた。

半ば無意識だった。

だが、何が欲しいのかと言われて、浮かんだのはたったの一言だった。

(言うつもりはなかった。信じているから。なのに)

こうして欲望が剝き出しになると、心まで丸裸になっていく。

「ん……っ」

キスをされた。

唇を塞ぎ、何もかもを混ぜ合わせるような深い深い口づけだった。

「あ、っ、っ」

ぬち、と、音が先に聞こえた。

フェリックスの指がついに裾をはだけさせ、熟れて濡れた隘路に直接滑り込んできた。

「ひっあああ」

ぷくりとした淫核を挟まれて、くりくりと弄られてしまうと、ダリアは燃えそうな身体を持てあまして悶えた。

「ひああっ、ああっ！　あっあっ、ああんっ」

じゅっぷじゅぷと、愛液が飛沫く。

蜜を流す花泉の奥が蠢くのが、自分でもわかってしまうほどに、肉体は洞を埋められることを望んでいる。

一つになりたい。

「ダリア――」

名前を呼ばれて、視線を合わせる。

間近に迫る黒い眼は、熱情で潤んでいた。

いつの間にかフェリックスは服を脱ぎ捨てていて、触れ合うのを阻むのは半透明な布一枚だけ。

それもだんだんはだけていって、気づけば脱がされていた。

いや、もしかしたらダリア自身が脱いでしまったのかもしれない。

まともに覚えていられないほど、フェリックスと触れ合うことに夢中だった。

「ああ、ああっ、あっ！」

フェリックスの指が、すでに三本もなかに埋め込まれている。

愛液がだらだらと溢れて、抜き差しをしても痛みどころか、襞を擦られるたびにダリアは腰をびくびくと揺らした。

「……一つに、なろうか」

ようやく肉体が求めていたものを与えられる。

ダリアは、こくりと頷いた。頭がふらふらする。

「あ、あ……」

ずぬ、ずちゅ、と、粘る音が響く。

濡れた狭い道が、指よりも遥かに高い熱を宿す雄で広がっていく。

全ての襞がまとわりついて、侵入者を逃すまいとする。

「ああっ！」

奥までゆっくりと押し込まれて、呼吸を整えようとした直後に、最後の一押しと言わんばかりにフェリックスが思いきり腰を突き出した。

ダリアはそれだけでびくびくと、背を反らした。

「あ、ああっ、んっ、ふあああっ」

フェリックスの律動が始まる。

ずっちゅずっちゅと、激しく濡れた音がダリアの嬌声とともに部屋に響く。

「ん、あぅあ、ああんっ！」

初めての夜以来、三度ほど抱かれた。

フェリックスにしか身体を許したことのないダリアだが、肉体はかなり快楽に素直になってきた。

それがわかっているだけに、はしたないと思われるのではないかという羞恥心で、いっそう燃え上がってしまう。

「ああ、ダリア――ダリア」

フェリックスの声も熱がこもっている。

名前を呼ばれるたびに、沸騰しそうなほどの熱が押し上がってきて、ダリアはきゅうきゅうと淫茎を締め上げた。

高まっていく。身も心も。

「あ、あ、フェリックス様……！」

ダリアも名を呼んだ。

愛しくて、大切な人。保護してくれたからだけではない。

放っておけないと彼が言ったように、ダリアも彼を放っておけない。

「愛……して、います……！」

「……！」

フェリックスの動きが一瞬鈍った。

ダリアは、涙で潤んで歪んでしまう視界の中でも、必死でフェリックスを見つめた。

彼の顔をきちんと見ながら、言いたかった。

「愛しています、フェリックス、様っ！」

叫んでから、ダリアは気づく。

自分もではないか。愛しているとハッキリ言わなかった。

むしろフェリックスに求めてばかりだった。

言わなくてはわからない。それはフェリクスもそうだというのに。

(私、本当に……我儘……！)

慎ましく密やかに生きていく運命に甘んじているつもりだったのに。

求め始めるとあまりに貪欲になってしまう。

「愛して、いるんです……！　愛していますっ、貴方を……」

溢れ出してしまうと、もう止められない。

愛している。

好き。

幼い自分を淑女として扱ってくれたこと。守ってくれたこと。いつも気遣ってくれるのも、大事にしてくれるのも。少しだけ不器用だけど、とても優しくて、人を信じることが本当は好きなところも。

全部、好き。

求めるなら自分から言わなくてはいけなかった。

単純なことがわからなくなるぐらい、惹かれてしまった。

「愛している、愛しているんです……！」

貫かれて達するたびに、ダリアは愛を叫んだ。

パン、パン、と濡れた肉がぶつかり合う音がする。

「ああ、あぅ、あああっ！」

限界が近い。それはフェリックスも同じだ。

脈打つ楔（くさび）が、さらに大きく育っている。

「っ、くっ」

フェリックスが、ぎゅっと、まるでダリアにしがみつくように抱きしめてきた。ダリアも抱き返す。

「愛している——ダリア」

「……っ！」

確かにその言葉は聞こえてきた。

フェリックスの声で、その唇から。

ダリアの心が求めていたたった一つの言葉が。

「っ、あああああっ！」

ずんっ、と、最奥を思いきり貫かれた瞬間、ダリアは絶頂へと昇り詰めた。

どくどくと、フェリックスの滾りが注ぎ込まれる。

「……愛しているんだ……誰よりも！」

フェリックスの愛の言葉は、絶唱の如くダリアの耳に届いた。

（嬉しい。嬉しいです——私……）

愛されている。

その事実が、どこまでも胸を温かくした。

静かに、意識が遠のいていく。

幸せな瞬間だった。

＊＊＊

翌日から、ダリアの生活拠点は別棟から、フェリックスが生活する本館に移った。

数日ほど過ごしたが、別棟の倍ぐらいの広さがあり、庭園もよく見えた。

引っ越したといえども別棟には、ダリアの私物と言えるものは殆どなかった。全て用意されたものであり、本館で宛がわれた部屋にも、すでに調度が整えられていた。運び出すのはせいぜい衣装ぐらいだった。

フェリックスの私室は、ダリアの寝室にもなった。

ただし、二階の最も奥にある執務室には、できるだけ近づかないようにと言われた。どうしてもという時は、ノックをしてほしいと。

仕事に関わるものが多いから確かにと、ダリアは納得した。

「……それにしても」

今日はフェリックスは夜まで戻らない。視察だと言っていた。

ダリアは、部屋で本を読んでゆっくりしていた。ナタリーから茶だけ淹れてもらって、ルイーズも今は用事で別棟にいる。そのため部屋には一人だ。

もっともナタリーは同じ館で掃除をしているし、他の使用人もいる。

ベルを鳴らせば、今日はナタリーがすぐ来てくれる。

(まだ情報がこないみたい。乳母達はどうなったのかしら)

フェリックスからは「進展はない」と教えられていた。王族に関しては裁判もまだ始まってすらいないと聞く。

しかしながら王城に勤めていた者達は、末端の人間から少しずつ解放されているとのことだった。

『君の乳母は長年勤めていたから、時間がかかるのかもしれない』

暴動の発端となったのは、王の責務放棄。それによる混乱と不景気。

一部の臣下貴族が王を唆し、政治から遠ざけていたといわれている。さらに勝手に税を上げるなどして、私腹を肥やしていた。

フェリックスは、王を唆していた者達の詳細についても洗い出していると言った。時間はかかるが、今後のコルニクス国がどう変わるかを知る上で重要なことだ、と。

(私はあまりに知らなさすぎた。コルニクス国は、滅びるべくして滅んだのかもしれない)

それほどまでに、民の不満が高まっていた。

本当に何も知らなかった。

隣国のルブルム王国にいる方が、こうして情報を多く貰えるなど皮肉だ。

（お兄様はどうなってしまうのだろう？）

父はきっと、有罪となる。

顔も覚えていないから、兄ほど愛着がないと言ってしまうと残酷だろうか。

しかし、最後に投げかけられた言葉以外、何も覚えていないのだ。それぐらい父の影は薄い。

感謝できることと言えば、殺さずにいてくれたこと――そう、娘の自分が疎ましいなら、放置などせずに消してしまう方が早かったのではないかと、ずっと思ってきた。

もちろん、有罪となるなら、それはそれで心が痛む。愛着がなくても、実の父であることには変わりない。

それよりもダリアは、兄のセドリックの方が気にかかっていた。

温厚で優秀な兄なら、きっとコルニクス国を立て直すことができた。たとえ時間がかかるにしても。

だがダリアが成人する直前に母が亡くなってから、彼もまた父と同じようになってしまったのだ。

ただ兄は、数は減らしてもダリアにとって信頼できる人間を残してくれていた。離宮へも必ず護衛を手配してくれていた。乳母にはそんな権限はないから、兄がそうして、離宮と王城間の移動を許してくれたのだろう。

(とにかく、今は情報を待つしかないわ)

何もないのが、無事の証だとわかっている。

だがふとした瞬間にとてつもない不安に襲われてしまう。考え込んでしまう。

仕事中の彼女には悪いが、おかわりを理由にナタリーを呼ぶことを考えついた。一人でいると胸が苦しくなってきた。

殆ど読めていない本を閉じ、ベルを手にしようとした時だった。

「オリーブ～！　どこなの」

階下からナタリーの声がした。ドア越しにも聞こえるということは、それなりに大きな声だ。

ダリアはドアを開けて、中央階段へ向かった。玄関ホールで、ナタリーがオリーブの名を呼んでいた。

「どうしたの?」

「あ、ダリア様。実は、オリーブがいなくなってしまって」

オリーブはダリア達とともに、本館で飼われている。たった一日で別棟から移されたことで、そちらの世話係達が残念に思っていたのだ。そのため、本館と別棟を自由に行き来するのを許している。

本館と別棟のどちらで過ごすかは、オリーブの気持ち次第だ。

「私も捜してみるわ」

「いえ、もしかしたら遠くに行ってしまったかもしれません。外を見て参ります」

「でも」

「必ず連れ戻しますので、ダリア様はお部屋へ。お茶のおかわりはベルを鳴らせば別の者が参ります」

一礼してから、ナタリーはドアを開けて外へ出ていった。

(外かもしれないけど、もしかして変なところに入り込んで出てこられないのかも)

本館の中を捜すぐらいなら、ダリアにもできる。むしろ思考が落ち込んでいる今、言ってはなんだが少しありがたい気持ちすらあった。

「オリーブ、どこなの」

自分の私室は、ずっといたからまずいないだろう。鳴き声もしなかった。

フェリックスの私室は入っても良いと言われているので、そちらを見た。むしろここは使用人が勝手に入れない場所だ。ダリアはクローゼットの中や、ベッドの下などにも呼びかけてみた。

だが、どこにもオリーブの姿はなかった。

「オリーブ、どこ?」

もう一度呼びかける。鳴き声はしない。

いないと判断して、ダリアはフェリックスの私室から出た。オリーブと入れ違いにならないように、ドアをしっかりと閉めた。

みーう……みーう。

「あら?」

ほんの微かにだが、オリーブの鳴き声が聞こえた。

二階だ。だが、目の前のフェリックスの部屋の中からではない。耳をすませると、まだ確認していない奥から聞こえているようだ。

(でもそっちは……)

フェリックスの執務室がある。

「……オリーブ?」

だが突き当たりまで視線を向けても、オリーブはいない。

フェリックスからは、執務室にはなるべく近づかないように言われているが、もしそこにいるなら――。

ダリアは奥へと進んだ。黒檀で作られた、他の部屋よりも重厚なドアの前に立つ。

カリカリカリカリ。

「オリーブ？」

ドアを引っ掻く音と鳴き声が聞こえた。

「オリーブ！」

にゃーうにゃーう！　うなあご！　と、元気の良い鳴き声が聞こえた。やはりオリーブは中にいる。

（どうしよう！　閉じ込められてる）

確かこの部屋にはバルコニーがある。もしかしたら屋根伝いに入ってきてしまったのかもしれない。

「オリーブ、窓が開いていたらそこから外へ出て……って、わからないわよね」

扉はしっかりと閉まっている。ダリアはこの部屋の鍵は持っていなかった。

（誰かスペアの鍵を持っているかしら。それともフェリックス様に連絡する？）

フェリックスが帰ってくるまで待った方が良いのか、と、悩みながらふと視線を床に向けた時だった。

ドアの隙間に、びっしりと文字が書かれた紙が挟まっていた。

(やだ！　オリーブ、中でかなり暴れたのかしら？)

そうだったら、さすがのフェリックスも怒るに違いない。このまま部屋の中に押し込んでしまうか、それとも回収しておくべきか――ダリアはそっと紙に触れた。

「……？」

読もうとして読んだわけではない。

文字が細かく詰められた紙は、どうやら手紙のようだった。だがフェリックスの筆跡ではない。彼の書く字は語学を教わる時によく見ていたから、ダリアにも判別できる。

ならば、ますます見てはいけないと思った。

(でもこの文字、どこかで見たような……え？)

末尾に記された名前を見て、ダリアは身を固くした。

セドリック・コルニクス

「お兄様……？」

そうだ。

この流麗だけども、生真面目さが滲み出ている先の尖りがちな筆跡は、兄・セドリックのものだ。

（お兄様の手紙……どうして？）

無意識のうちに、ダリアは手紙を隙間から拾い上げた。

『我が生涯の友・フェリックス。どうか最初で最後の願いを聞き届けてほしい』

どく、どく、と心臓が変な脈を打つ。

これは兄が、フェリックスに宛てた手紙だ。

（願い？　願いってなんなの？）

ダリアは、読み進めるのを止められなかった。

いつの間にか、オリーブの鳴き声は聞こえなくなっていたが、ダリアは気づいていなかった。

第四章　真実と勇気

恐ろしく大胆な行為をしていることは、ダリアも自覚していた。

外に出たナタリーに会いに行き、オリーブは庭園にいるかもしれない、と嘘をついた。

そして一度だけフェリックスと都に行った時の門を注意深く観察して、こっそりと抜け出した。

出し抜くのは心苦しい。

もう自分はここに戻らない。

だから世話係や門番達を決して罰しないでほしいことを、ダリアは書き置いてきた。

外出した時は馬車を使わなかったので、だいたいの風景はまだ覚えている。都まで出れば、馬の貸し出しがあることをダリアは思い出した。

(早く。早くしないと)

駆ける。念のためにもっとも動きやすい靴に履き替えていた。

髪は自分で結い上げた。少しばかり不格好だが、下ろしているよりは良い。

髪留めに、フェリックスがくれたダリアの飾りをつけた。目立ってしまうのは避けたいものの、もうここへ帰ってくることがないなら、せめて――と思ったのだ。

「はぁ、はぁっ……！」

息があがる。足も痛い。それでも急がねば。街まで行って馬を貸してもらい、森へ向かうのが最短ルートだ。

（早く行かないと！）

女の足で途中まで駆け抜けることができた距離だ。馬で、しかも地理が頭にある今ならもっと早く行けるはずだ。

手紙の現物は、元どおりドアの隙間から押し込んできた。

内容ははっきりと覚えている。

（このままではお兄様は、間違いなく死ぬ！）

忘れられるはずが、なかった。

＊＊＊

フェリックスと兄のセドリックは、親友だった。

遊学中の出会いに感謝する旨が最初に書かれていた。字がびっしり詰められていたのは、できるだけ一枚にまとめるためだったのだろう。

それよりも驚愕したのは、コルニクス国で民を扇動したのは、兄のセドリックだったことだ。

セドリックは成人して以降、民の意見を積極的に聞き、民が暮らしやすい政策を多く打ち出そうと努力をしていた。だが、それらは既得権益を手放したくない有力貴族らに握り潰された。

辛うじて実行できたのは、僅かな減税や雇用を多少増やす程度。だが焼け石に水に過ぎず、むしろ民の一部からも「形ばかりの懐柔策だ」と痛烈な批判を受けた。

民の積もり積もった怒りは、もはやセドリック一人でおさめられるものではなかった。

セドリックは、暗愚を演じる道を選んだ。

どうしても自分一人では国を変えられないと思った時は、そうすると決めていたのだ。

父王と同じく御しやすくなったセドリックを、貴族は支持し始めた。自分達の栄誉栄達はなおも続くと信じた。逆にまっとうな貴族らは王家を見捨て始めていた。

だが一方で、セドリックは密かに民側についていた。さらに実母の故郷という縁で敵国とも通じて、軍事支援も取りつけていた。

新生コルニクス国が成った時、成立を支援した国として、今後は友好的な関係に――つまり、同盟を結ばせることを、民側とも交渉して、それを敵国の見返りとしたのだ。

王家と貴族から見て、セドリックは裏切り者だ。

民は無駄に血を流すことなく、暴動の形を取りながら鮮やかに王城を制圧した。セドリックの手引きと根回しがなければ、さすがに無血開城は不可能だっただろう。

『これから王太子として、僕は決して許されざる罪を犯す。父を道連れに故郷を滅ぼすのだ。しかし妹のダリアだけは、君に任せたい』

父王が一切顧みることなく育ったため、社交界にはあまり知られていない。王家の人間として運命をともにさせるには、あまりに酷な境遇だ、と。

『決行の日、ダリアはコルニクス国の離宮にいる。どうか君がいち早く保護してくれ。妹の周りは忠義の人間で固めているが、暴動に巻き込まれる手違いがあってはいけない』

人が減っていったのではない。

ダリアのために命を懸けられる、そういう人間を兄は精査して残していたのだ。

だがダリアは予定よりも早く離宮を出てしまった。

フェリックスは、あの森を通って離宮へ向かっていたということになる。

『あの子には、何も言わないでほしい。妹を助けてほしいと願う兄など必要ない。民に降伏せざるを得なかった暗愚の王太子として、あの子には僕を見捨ててほしいから』

(だから、フェリックス様に私のことを頼むと、何度も、何度も……！)

気づいてしまった。

いや、最初からそうだと思えば、納得できてしまう。

フェリックスはあくまで、親友であるセドリックの頼みを聞いただけだ、と。

そうだとしたら、ようやく言ってくれた「愛している」の言葉は、ダリアが強制的に言わせただけに過ぎない。

心が欲しかったのに、心にもないことを言わせた。

優しくて当然だ。義理を貫いただけなのだ。

ルブルム王国におけるダリアの身分を整えるスピードが早いのは、事前にセドリックから頼まれていて、話をつけていたからに違いない。

手紙は、さらに続いていた。

『ダリアは、父の娘ではないと一部で言われていた。根も葉もない噂だと父も最初は言っていた。ロベリア様には、結婚前に恋人がいたとされているが、その胤(たね)であるはずがない。だがロベルア様はたった一通だけ、恋人の手紙を手元に残していた』

それは愛の言葉も密会の約束もない、別れの手紙だったらしい。

大事に残していた手紙が、父の知るところになったのが、全ての始まりだった。

『ダリアは、れっきとしたコルニクス国の第一王女だ。手紙はただの思い出の品だと父に訴えたら、今度は僕がロベリア王妃と通じていると言い出した。全てを疑い始めた父は政を顧みなくなった』

父王は、本当の父親ではない。そう考えたことはある。

だがそれは、母の不義を認めることになる。ダリアは、たとえどんなに冷たくされても、父はコルニクス国の王だと信じることにしたのだ。

兄は、母の不義を否定してくれていた。同時に、そんな父の側に来させないようにしていたのだ。だから、自ら屋敷に訪れるようにして、その後も王城から遠ざけた。

そうすることで、ダリアを守っていたのだ。

『僕にとっても、ロベリア様にとっても、ダリアは大切な宝物なのだ。どうか、ダリアを頼む。そして君も、ダリアの幸せを守るために、僕を見捨ててほしい』

最後に、この手紙は速やかに処分してほしいとあった。

だが、フェリックスは処分しなかった——。

（私は何も知らなかった、知ろうとしなかった。お兄様や皆の覚悟を。私だけが何も知らずに、のうのうと生きていた）

許されることではない。

兄は、無能な政治家として死ぬつもりだ。

民と通じていた事実を封印し、仮に露見したとしても王家の裏切り者として断罪されるように、と。

それほどまでにコルニクス国自体が限界だったのを、ダリアは知らなかった。

息せき切って、なんとか都に入る橋が見えた。

「っ……上がってる」

まだ日が完全には暮れていないが、都に通じる大橋は上がってしまっていた。

こうなっては通してもらえない。

（遅かった……！）

ならば一度王城に戻って馬を調達し、別ルートで向かうか。いや、それは不可能だ。自分一人だけならまだしも、馬を連れて王城を抜けるのはさすがに目立つ。

＊＊＊

第一戻るというのは、そもそも無理だ。世話係達に累が及ばないように書き置きをしたため、今頃捜索が始まっている可能性があるからだ。

（でも、連れ戻されたら、もう二度とコルニクス国に行けなくなる）

フェリックスはきっと、親友との約束を優先して決してダリアを外に出さなくなるだろう。ほとぼりが冷める頃には、もう何もかもが遅い。

（お兄様に会いたい。助け出したい！）

時間をかけてでも森を抜けるべきか。それとも地理を思い出して、別ルートを探るべきか。一番早い方法は――。

（……とにかく動こう。森へ行ってみて、危険そうなら移動して）

「ん？　おい、お前――」

「……！」

踵を返そうとした時、橋の門番に見つかってしまった。長く居すぎたようだ。

ダリアは反射的に走り出した。

「待て！」

門番の健脚にならすぐに追いつかれてしまう。

いっそのこと逃げない方が良かったかと後悔した瞬間だった。

「ダリア！」

名を呼ぶ声が辺りに響いた。

聞き間違えるはずがない。

立ち止まって前方を見ると、自分の辿ってきた道をフェリックスが馬で駆けてきた。

「えっ、あっ、王太子殿下っ……！」

門番が叫び、ザッと土に片膝をついた。

あっという間に、フェリックスはダリアと門番の前までやってきた。

「……っ」

馬上のフェリックスの顔は、凍りつくほどに冷たい。

見上げているからそう感じるだけかもしれないが、ダリアは今までにない圧を感じて、動けなくなった。

当然だ。自分は抜け出してきたのだから——。

「この者は俺の客人だ。途中ではぐれてしまって、迷って街へ向かったようだ。すまない。あとは俺に任せて仕事に戻ってくれ」

「は、はい。失礼致しました」

　門番は立ち上がって、フェリックスとダリアにそれぞれ頭を下げて、持ち場へと戻っていった。意外と遠くまで来ていたらしく、その背中は豆粒のように小さくなっていった。

「ダリア」

「……」

「どうして抜け出した。俺を信じていたのではないのか」

　ひひん、と、馬が嘶いた。

　顔を上げたまま、動けなかった。だがフェリックスを見つめながらも、どうしても表情が視界に映らなかった。

「……信じていました」

　信じていた。

　だが、何も言ってくれなかったではないか。

　兄がどういう状況にあるのかも、そもそも約束があったことも。

　だからと言って、自分も彼を裏切って良い話ではないのはわかっている。

　だが、隠されていたことがどうしても、悲しい。

　それが二人の、決して違えないと誓った約束だったのだとしても。

「なのにどうして、教えてくれなかったのですか」

「やはりあの手紙を見たのか。オリーブが荒らしていたが、まさか……よりによって、奥深く仕舞ったあの手紙を引っ張り出してくるとは」

やはりすぐ処分しておけば良かったと、フェリックスが呟いた。

「あんな書き置き一枚で、全ての責任を取れると思っていたのか」

「っ……でも」

「君は聡明なはずだ。考えなかったのか。俺が、君の願いを無視して、見逃した世話係や兵士を酷く罰するかもしれない、クビにするかもしれないと」

「それは……」

「解雇すれば彼らは路頭に迷う。王城勤めで処分を受けたとなれば、噂が広がって貴族や商人は決して雇おうとしないだろう」

「……フェリックス様はそんな、見せしめみたいなことはしない、誰が一番悪いかちゃんと判断なさいます……！」

ダリアは叫んだ。

そうだ。本当に悪い人間がいるのだから、他は巻き込まれただけだときちんと調べて、酷いことは絶対にしない。そう――信じている。

（……私……）

あの書き置きを残した時も、今この瞬間も、フェリックスを信じている。信じられないと言ったくせに。

己の中の矛盾する感情に、ダリアは言葉を失って視線を伏せた。

愛しているという言葉は、親友との約束だったたから。

それが悲しくて――そして、フェリックスがダリアを守るため、あえて兄を見殺しにしようとしていることも知ってしまった。

だから、居ても立ってもいられなくなった。

「……そこまで言ってくれるのに、どうして……」

一転して、消え入りそうな声がして、ダリアはハッと顔を上げた。

フェリックスは眉根を寄せた表情のまま、ゆっくりと馬から降りた。

険しい顔には変わりないが、圧が消えている。

「俺を信じているから待ってくれているのだと……そう信じていた」

「……フェリックス様」

「いや……いや、違う。違うんだ。君がいなくなったのが……市場での時も肝が冷えた。またいなくなった……それが、俺は……っ！」

声が震えている。

流れる涙は見えなくても、ダリアの眼には、フェリックスが泣いているようにしか見えなかった。

フェリックスは強い人だ。

こんな形で信頼を裏切ってしまった女に、まだ——いなくなったことが辛いと、言ってくれるのだ。

伝えようとしてくれる。

「……申し訳、ありません」

ダリアは、謝罪した。謝るぐらいなら最初からするべきではなかったが、どうしても、自分が正統な王女であるからこそ、コルニクス国へ戻らねばと思ったのは真実だ。

「ダリア」

名前を呼ばれた。今度は震えず、至極落ち着いた声だった。

「どうしても、国に戻りたいか」

そう問われて、ダリアはきゅっと唇を結んだ。

怯んだのではない。

フェリックスは、信じてくれているのだ。

だから、ダリアは答えた。

「はい。乳母達のことも知りたいですし、何よりも兄・セドリックに会いたい……できれば助けたいです」

偽らざる本心を打ち明けた。

信じて待つと言いながら、待てなかったのだ。

だから、きちんと告げた。

フェリックスを信じているなら、受け容れるだけではダメだったのだ。

自分がどうしたいのか、しっかりと主張するべきだった。

フェリックスは、きっと受け止めて考えてくれる。そのことを信じるべきだった。

「セドリックを今すぐ助けるのは困難だ」

改めて言われると、視界が暗くなる。だが、聞かねばならない。

「少なくとも裁判は受ける必要がある。どういう結果になるかは、セドリック次第だ」

「……説得はできませんか」

「難しいだろう」

フェリックスがきっぱりと言った。

「もはやセドリックの気持ちが変わるだけでは、どうしようもない。事を起こす前に、説得するべきだったんだ」

それはつまり、問題を見過ごしてきたダリアの罪だ。

その自分は罰を受けずに、こうしてここにいる。

「――俺は間違えたんだ。大事な友の願いを叶えることを優先してしまった」

「間違えた……？」

フェリックスがぎりっと歯ぎしりをした。

「ダリア。約束してくれ。兄や国と運命をともにしない、と。セドリックの願いを理解してほしい」

「………………」

ダリアは、無言のまま、ゆっくりと頷いた。

そうだ。妹一人を逃がすなんて、あまりにリスクがある行為を、兄はあえてやったのだ。

それをむざむざと、無駄にしようとしていた。

「よし。頼むから、もう独りで全てを背負おうとするな」

「はい」

これから王城に戻って、全てを忘れてルブルム王国の人間として生きていく。

覚悟を決めた。

そのつもりで、フェリックスが差し出した手を、ダリアは微笑んで手に取った。

「──だから、会いに行くぞ」

「っ、え……誰に？」

「もちろん。君の兄・セドリックにだ」

ダリアは、眼を見開いた。

「そんなことができるのですか？」

「できる。必ず俺が会わせてやる。だから……」

ぎゅ、と、フェリックスがしっかりとダリアの手を握った。

「もう二度と、俺の手を離すな。ダリア」

＊＊＊

一ヶ月後。

全ての手はずが整った。

偽造した身分証を使い、フェリックスはルブルム王国の伯爵でダリアはその妻。

コルニクス国の王城に勤めていた縁戚がおり、裁判がどうなるか確認しに来た。そういう口実を作り上げて、入国することになった。

ダリアはコルセットでしっかりと腰を絞った、深い赤でシックな色合いのドレスに身を包む。その上に短い丈のジャケットを着て、帽子を目深に被れば、外行きの装いとなる。

コルニクス国にいた頃は、一度も着なかったデザインのものだ。

フェリックスは、やや旧式のフロックコートをまとっている。そうすることで、貴族とはいえ経済的にあまり恵まれている風でもない印象を醸し、目立たないようにする。

フェリックスはあらかじめ、ルブルム王国の息がかかった者達をコルニクス国内のあちこちに潜り込ませていた。彼らの手引きのおかげで面会はスムーズに叶った。

ただし、一度だけしか使えない手だとフェリックスは言った。頻繁に会えば身元をより具体的に調査されるからだ。

もしもダリアの素性が判明すれば、ややこしいことになってしまう。

さらに、用心して兄妹としての会話は避けるべきだと言われた。あくまでセドリックに面会しに来た伯爵夫妻という立場を貫く。際どい会話は状況次第。

本当に危険な賭けだったが、フェリックスは約束を果たしてくれたのだ。

「どうぞ、こちらへ。ミスターがお待ちです」

もはやセドリックは、プリンスとは呼ばれていない。

皮肉にも、セドリックが裁判を待つために幽閉状態になっている場所は、ダリアが過ごした離宮だった。

物々しい警備態勢を横目に、ダリアは案内係に先導され、フェリックスとともに懐かしい門をくぐった。

（まだそんなに変わっていない。でも、花の手入れはされていないわね）

ちらりと見えた庭の様子に胸を痛める。

だが見つめてはいられないし、悲しい顔をすれば誰に見られるかわからない。

セドリックが待機している部屋に行くまでは、気を引きしめなくてはいけない。

「二十分ほどなら大丈夫です。今の時間の見回りは我々の味方ですので」

「感謝する」

フェリックスが答えた。

ごくりと固唾を呑んで、ダリアは案内係が開くドアの先をじっと見つめた。

「――……」

お兄様、と、叫び出しそうになった。

だが、まだドアは閉まっていない。ぐっと堪えた。

部屋の中央には、ローテーブルを挟んで長椅子が二つ。ドアから見て向かい側に、一人の男が腰掛けていた。

最後に兄を見たのはいつだろう。記憶の中の姿と違っていて、ダリアは戸惑った。自分と同じ金の髪は、それなりに手入れはされているが艶がなく、伸びたのを後ろで括っているだけだ。肌も暗く、かなりやつれていた。

しかしそれでも、国一番の貴公子と呼ばれた往年の面影は残っている。

誰もが憧れたセドリック王子その人に間違いない。細くなった腕には、木の枷(かせ)が嵌(は)められている。

「ルブルム王国の伯爵夫妻が、コルニクス国の大罪人になんの用かな」

ドアが閉められたと同時に、ふ、と、目の前の男が笑って言った。

「あ、お、お兄……」

「生憎と嘆願書を出してくれるような人間に、全く心当たりはないんでな」

ダリアの呼びかけを、セドリックは遮った。

「失礼。実は王城に勤めていた、ある女性とその周辺の者は我々と縁続きでね。なかなか情報が入らなくて、是非お聞きしたいと」

フェリックスが伯爵になりきって、ソファーに座って慇懃(いんぎん)に訊ね始めた。ダリアもフェリックスに促され、帽子を取って腰を下ろした。

乳母達の名前を出すと、セドリックは「ご苦労なことだ」と言ってから、ふう、と息を吐いた。

「私の知る限りでは、彼女達は捕まったものの、今ではきちんと然るべき保護団体のもとに移送されている。近々解放されるはずだ。一年も経てば普通の庶民に戻る」

「そうですか。どうしても国元にいるとそうした細やかなことは伝わりませんので、とても助かります」

つまりセドリックは、いざという時は彼らにダリアの盾になることを望みながら、できるだけ助かるように根回ししてくれていたのだ。

乳母達の状況がわかった。それだけでも嬉しかった。

「ところで、一つご確認いただきたいものがあります」

フェリックスが切り出した。

ダリアは殆ど会話には加われなかったが、ただただ、兄の無事な姿を見て今にも泣き出しそうなのを堪えていた。

「私どもの親戚は他にもおりまして。彼らのことをまとめた資料です。どうか、何かお心当たりがあれば教えていただきたい」

そう言って、フェリックスは一枚の紙を懐から取り出し、テーブルに置いてセドリックに差し出した。

(……！　これって)

ダリアからも、その文面は見えた。

『お前一人ならここから出せる。ルブルム国に新しい名と家を用意する。籍の上で兄妹でなくなるが、ダリアにはいつでも会わせる。承諾するなら声に出さず、頷いてくれるだけでいい』

架空の親戚のことなど、一切書いていない。セドリック個人へ向けた手紙だ。

まさか、と、ダリアはフェリックスの方を見た。

彼は真剣な眼差しで、セドリックを見つめていた。

さすがのセドリックも眼を見開いていた。ダリアと同じ、碧い眼だった。形も良く似ている。兄妹である何よりの証だというのに、父は信じてくれなかったのだ。

だがセドリックは、頭を僅かにも動かさなかった。

「申し訳ないが、知らないな」

「っ……！」

絶句したのは、ダリアだけでなくフェリックスもだった。

「なぜだ！」

伯爵の仮面を被っていたフェリックスが、やや取り乱したように訴えた。

「頼った相手が悪かったな、伯爵」

だがセドリックは泰然とした態度を崩さなかった。

「……我が父は死にたくないと訴えている。多少、生活水準が下がるだけなら、幽閉生活も甘んじて受けるとまで」

はぁ、と、セドリックはため息をついた。何度目かわからない。

「ならば全ての責任を取るのは、唯一の王子である私一人しかいまい」

「全ての責任だと……？」

「まともに戦わず、暴徒と化した民に屈したのだ。貴族連中も私の処刑を望んでいる。民も私を悪しき政治の象徴と見て、同じ気持ちを抱いている」

淡々とセドリックが語る。それを聞いているうちに、ダリアは、ぽろ、ぽろと、堪えていたはずの涙が勝手に流れ落ちた。

「――どうして……」

「ん？　どうなさった、マダム」

「おに……、貴方が全てを背負わなきゃいけないの……？　どうして？　降伏したのは流す血を最小限にするためなのでしょう？　放っておいてもいずれ民の怒りは頂点に達するなら、これが最善と判断したんですよね？」

それさえも、セドリックの計画どおりだったのに。

きっと民の中には、セドリックを処刑させないように動く人もいるはずだ。彼がいなければ無血開城は不可能だったのだと、理解している人間が必ずいる。

「何度も言うとおり、王太子として国を守れなかった責任は重いのですよ。マダム」

「だってあんなに優しかったのに。なんで優しい人が全てを背負うの？　なんで黙っているの？　どうして私には生きろと言いながら、自分は生きようとしないの？」

はぁ、はぁ、と、呼吸が荒くなっていく。

ひく、ひくと嗚咽が漏れて止まらない。

フェリックスが背を撫でてくれた。小声で「もういい」と言ってくれたが、これだけは言わなくてはいけなかった。

「私は、貴方に生きていてほしい。命を懸けるほどの決意があるなら、何があっても命を捨てないで生きる道を選んでほしかったの」

我儘だと、わかっている。むしろ我儘しか言えない。

「だって、私にとってはたった一人のお兄様だもの……っ」

堪えていたが、兄と呼ぶのをもう止められなかった。

いつだってダリアの中では、セドリックは優しくて強い兄だった。

母のために花を摘めば、呆れつつも「優しい子だ」と最後は笑ってくれた。

巻き込まないように裏で段取りをしてくれていた。

夢にまで出てきて、ダリアの身を案じてくれた。

なのに、助けられない。助けようとしても、兄は拒む。

「……お前は本当に、あの方によく似ているよ」

ぽつりと、セドリックが呟いた。その表情は、わざとらしさが消えて、かつてダリアによく見せてくれたものに似ていた。思わずお兄様と呼びかけそうになった時、それを阻むようにまた元の表情に戻して、セドリックが口を開けた。

「伯爵。奥方は体調が優れないようだな。そろそろお帰りになった方が宜しいかと」

「お兄さ」

「マダム！　他国の罪人と会っていると妙な噂が流れかねない。これきりだ。貴方がたの親戚が無事であると祈っている」

「……セドリック！」

フェリックスが名を呼んだ。だがセドリックは表情を変えない。

「さよなら、伯爵。伯爵夫人。外の人間と話せて、なかなか楽しい時間だった」

すると彼は、ダリア達を越えて遠くドアに向かって「面会は終わった！　ドアを開けてくれ！」と叫んだ。

ガチャ、と、ドアが無情にも開いた。

別れの合図だった。

「……行こうか。立てるかい」

長居はもうできない。フェリックスに促されて、ダリアは立ち上がった。

フェリックスがハンカチを差し出してくれた。思い出の、あのハンカチ。あの頃に戻れたら、この運命は変えられただろうか。

「……お兄様」

そっと、目尻を押さえた。ふわりと薔薇の匂いがした。

「最期の瞬間まで、どうか生きるのを諦めないで」

聞こえたかどうかはわからない。ダリアは部屋を出る直前、背を向けたまま、セドリックに向かって告げた。

＊＊＊

バタン、と、ドアが無機質な音を立てて閉まった。

ふうう、と、セドリックは長いため息をついた。

見張りはまだいる。恐らくルブルム王国の息がかかった人間だ。彼らはそれとなく、脱走するように促してくれる。

だが、セドリックは全て拒んだ。

ルブルム王国の伯爵夫妻が面会に来ると言われた時、セドリックはもしかして、と思った。だがまさか、ダリアまで来るとは思わなかった。

そして、怒りが湧いた。

『どうしてダリアをこんな場所まで連れてきた！　妹を頼むと、あれほど言ったではないか！』

枷のことなど気に留めず、そう叫んで、目の前の泰然とした伯爵を殴り飛ばしたくなってしまった。だが、堪えるよりほかになかった。

叫んで殴ってしまえば最後だ。

さすがの見張り達も、正体が明らかになってしまった二人をかばえない。

露見してしまえば国際問題だ。ただでさえ偽造した身分でコルニクス国——今はもうなくなった国だが、他国に入り込んで罪人と面会したのだ。

しかもあまつさえ、自分を助けると言い出した。

（馬鹿だ、フェリックス。本当にお前は馬鹿だ。だが……そんなお前だから、信じてダリアを託したんだ）

彼らの気持ちだけは、ずっと気にかかっていた。

二人には愛し合って、結ばれてほしい。いきすぎた願いだと知りつつ、そう願っていた。だがフェリックスなら、ダリアが別の幸せを見つけたとしても、それを見守ってくれるはずだと信じた。

だが、どうやら望んだとおりになったようだ。

ほんの短い面会だったが、あの二人は、ごくごく自然に肩もつく距離で座っていた。互いを想い合っている。それがよくわかった。

（大丈夫だ。ダリアは幸せになれる。必ず）

幸せを掴もうとしているダリアの姿を、この目で確かに見ることができた。こんなに喜ばしいことはない。

（良かった。本当に、良かった……ああ、これで思い残すことはない）

セドリックは天井を仰いだ。

この離宮には何度か来たことがある。

最後に来たのは、実の母が亡くなった時のことだ。

父はいつも厳しく、お前は王子なのだからと、弱音を吐くことを一切禁じた。だが母は違った。辛い時は泣いていいのよと、抱きしめてくれた。

敵国から嫁いできた母は、気苦労が絶えなかったらしい。だからこそ、自分だけは味方でいたかった。なのに、病気で倒れた母を助けられなかった。

王子であるがゆえに人前で泣けなかった。離宮の寝室でたった一人で泣いた。

本当は寂しくて悲しくて仕方なかった。そして誰も、セドリックに寄り添ってはくれなかった。

数年後、父が新しい妃を迎えた。

まるで大輪のマリーゴールドを思わせる、美しい人だった。

こんな女性がいるのかと、目を奪われた。

『まぁ、貴方がセドリック王子？　私はロベリアよ』

『はい。初めまして、僕……じゃない、私がセドリックです、義母上（ははうえ）』

『……いいのよ。私のことを無理に母と呼ばなくても』

『え？』

『前の王妃様は、貴方を遺して逝くことを嘆いていたと聞きました。優しいお母様だったのですね。ですから、貴方が母と呼ぶ人は一人だけでいいのですよ』

『――』

『でも、仲良くしてくれると嬉しいわ。宜しくね』

あの人だけが、母を喪った苦しみを理解してくれた。

だからこそ幸せになってほしかった。

しかしあの人が身籠もったことがわかった時も、やはりこの離宮に来た。

王妃の役目は、王の子どもを産むことだ。国王である父の子をロベリアが妊娠するのは、当たり前のことなのだ。

泣きはしなかったが、しばらく誰とも会いたくなかった。

嫉妬している。あんなに素敵な女性を妻に迎えた父に。

その憤怒に似た感情を発散するように、セドリックは鍛錬と勉強にいっそう打ち込んだ。

気づくと、ロベリアの出産は終わっていた。

生まれたのは王女だった。

『ダリアと名づけました。ほら見て、セドリック。貴方と同じ碧い眼なのよ』

ようやく挨拶に赴いた時も、柔らかな微笑みは変わらなかった。そしてベッドに眠る赤ん坊の顔を覗き込んだ。

――疑いようもないほど、血を感じた。

ああ、この子は間違いなく、自分の妹だ。

抱いてあげてと言われて、おどおどしながら初めてダリアを抱き上げた。

ふにゃふにゃで小さくて、温かいのにまるでガラスのように繊細だった。ふえ、と泣き出しそうだったので『ダリア』と呼びかけたら、腕の中の赤ん坊はくしゃりと笑った。

『この子には幸せになってほしい。将来はどんな殿方と結ばれるのでしょう。私のように幸せで、毎日楽しく過ごしてほしいわ』

『幸せ……なのですか?』

『ええ。でもね、実は昔はね、悲しみの中にいたの』

ロベリアが、すっと視線を伏せた。

『貴方のお父様と結婚する前に、婚約した人がいたけど……裏切られたの』

『えっ、裏切られたって……』

『彼は他の女性を選んだの。でも、今はとても幸せよ。貴方のお父様に愛されて、私もお慕いしている。娘も生まれて、こんな立派で素敵な王子様と仲良くなれたんだもの。……辛い過去は、きっと幸せになるための糧だったのよ。きっとね。だから、忘れないようにしないといけないわ』

この人の笑顔を守りたいと、そう強く思った。

──どうして父は、彼女を信じなかったのだろう。

五歳になったばかりのダリアが、母が古い手紙を大事そうに読んでいたと父に告げたのが始まりだ。だが事情を知らない、無垢な幼な子をどうして責められる。

過去を忘れないために残していた、たった一通の手紙が父の逆鱗に触れた。

『ダリアは余の子ではない！　あの女は不義を犯した！　あんな手紙を、後生大事に持っていたのが証拠だ！　愛していたのに。余はもう誰も信じぬ、誰とも会わぬ』

だから、父の代わりにあの人を守ると誓いを新たにした。

「貴女の望み。娘には幸せに生きてほしい、と。……叶いそうですよ」

幸いにして、ダリアはロベリアの持っていた手紙については忘れている。今も思い出してはいないだろう。フェリックスにもそのことは言っていない。

右手をすっと天に上げた。枷のせいで左手も一緒に上がってしまう。

「この世の誰よりもお慕いしております。ロベリア様」

もっと良いやり方はなかったのかと、妹と同じ声で叱ってほしい。

いや、もう二度と逢うことはないだろう。

この魂は地獄へと堕ちるのだから。

天国へ昇ったはずのあの人と、再会など決して叶わない。

『いつまでも待っているわ』

「え？」

『だから、貴方はもっと生きてね……精一杯、最後まで』

どこからともなく懐かしい声がして、セドリックは周囲を見渡した。

誰もいない。

ふわ、と、窓を開けていない部屋の中で風が吹いた。

「……ロベリア様？」

返事は、なかった。

＊＊＊

外からは中が見えない、目立たないデザインの馬車に揺られて、ダリアはフェリックスとともにルブルム王国への帰路を進んでいた。

「お兄様のこと、もっと知っておくべきでした」

視線を膝の上の濡れた手に向けながら、ダリアが呟いた。

「国にいる時、私の方から会いに行けないわけじゃなかったんです」

会おうと思えば機会は作れたのだ。会うのは何も王城以外でも構わなかった。兄の動向をもっと探って、無理やり対面しに行くことだって可能だったはずだ。

「避けていたのは、私の方でした」

国や民のために思い詰めて、こんな方法を選んでしまう前に、妹の自分にできたことはきっとたくさんあった。

「お兄様はあんなに、私のことを考えてくれていたのに」

だが時は戻せない。

何が起きようとも、これから先に進んでいくしかない。

「ありがとうございました。フェリックス様」

ダリアは、顔を上げて隣のフェリックスに、にっこりと微笑みかけた。

これが兄の最後の望みなら、受け容れるだけだ。

(私はフェリックス様を愛している。それで充分よね。たとえフェリックス様が、お兄様のために、私を妻にしようとしてくださっているとしても)

優しく守られている。それで満足するべきだ。

今日からは何ものにも心揺るがされず、穏やかに生きていく。愛する人の隣で。

「ダリア」

フェリックスが、ダリアの手をそっと握った。

「泣きたい時は、しっかり泣くべきだ。割りきれないものを抱えて生き続ける苦しみは、君自身が知っているはずだ」

「――」

「泣いて、折り合いをつけて、それで少しでも気持ちが軽くなるなら、そうしたらいい。だから無理して笑うな、ダリア」

「え」

拭き取ったはずの涙が流れて、いつの間にか頬も顎も全て温く濡らしていたことに、ダリアはようやく気がついた。

三ヶ月後。

ダリアのもとに、コルニクス国の元王太子・セドリック刑死の報せが届いた。

第五章　わかち合う悲しみ、わかり合う幸せ

かつてのコルニクス国から帰還後の三ヶ月間、ダリアは穏やかに過ごしていた。

フェリックスの妻になる前に、ルブルム王国の貴族の娘という身分を得るための段取りをしてもらい、書類上の両親となる臣下貴族の夫妻との顔合わせもした。

王太子であるフェリックスの頼みだ。断れるはずがない。それでも二人とも温厚な人柄で、ダリアの身の上について詮索しなかった。

フェリックスは多忙になったのか、できるだけ行くのを避けていたはずの王城に詰めるようになっていた。

フェリックスは、兄・セドリックの話題に触れなかった。だが乳母達については裏が取れた。

現在はまだ監視がついているものの、ほぼ日常と変わらない生活を送っていると教えてくれた。

いずれはルブルム王国に呼び寄せることもできるだろうと、フェリックスは言った。以前なら両手を上げて喜んだだろう。

だが、乳母にとっての静かな生活を乱すことになるなら、ただ自分の無事を知らせ、生活の支援をするだけで良いのではないか、と、ダリアは考えた。

『どのみちまだ時間はかかる。性急に答えは出さなくていい』

ダリアの気持ちを読み取ったように、フェリックスが優しく言ってくれた。

乳母達の状況に安堵する一方で、心のうちでは兄のことばかり考えていた。

努めて明るく振る舞うようにしても、ふとした瞬間に涙が溢れる。でもフェリックスに心配はかけたくなくて「ゆっくり考える時間をください」と、夜も彼の部屋には行かず、私室で眠った。

フェリックスは許してくれた。

そして、ついにセドリック刑死の報せが齎された。

通例なら半年はかかると言われていたが、裁判は異例の速度で進んだ。事実上、セドリックがコルニクス国の政治を放棄した王や一部貴族の罪を全て背負った形になった。

もっとも、私腹を肥やしていた者達は命こそ助かるが、財産を取り上げられて労働を科せられることになるだろうと言われている。父王は労働こそ免除されたらしいが、一生外へは出ることは叶わなくなった。

フェリックスから兄の死を聞かされても、ダリアは涙が出なかった。

自分だけが罰もなく生きている。生かされている。

それほどの価値が自分にあるのか。

兄ほどの人間が死ななくてはいけなかったのに。

考えるほどに心が、凍っていった。だから、涙も涸れてしまった。

＊＊＊

「ダリア様。本日はマーガレットの花ですわ」

ルイーズがそう言って、抱えていた花束を瓶に移し替えている。

ダリアは、服こそ朝に着替えたが、ベッドに腰を下ろしてぼんやりとその光景を眺めていた。

「そろそろ涼しくなってきますね。咲く花も変わりますし、楽しみです」

返事をしなくても、ルイーズは気にせずに言葉を続ける。こちらの機嫌を窺ってこないのが、ダリアにはありがたかった。

ただ本来のルイーズなら、こうした他愛のない会話を、一方的に長々としない。全てダリアへの気遣いゆえだ。ダリア自身も、それをわかっている。

返事をした方が良いと思いながらも、言葉が上手く出ない。

「昼食は、良い豆が手に入りましたのでスープにするか、それとも茹でるだけか迷いますわ。新鮮なものだと、そのままでも美味しいですから。どうぞお楽しみに」

手際良く瓶の花を活け替え、閉めていた窓を開けてから、ルイーズは退出した。次に来るのは昼食の時だ。

兄の死を知って、二週間。

ダリアは、寝て起きて食事をとることはできても、会話をしたり外へ出たりする気力が湧かなかった。

事情を知っているのはルイーズだけだ。他の世話係達には、体調不良ということになっている。別棟に戻れば周りが心配するため、本館にある私室にこもっている。

フェリックスは、来ない。

代わりに届けられるのが、花。

ルイーズが毎日活け替えてくれる花は、フェリックスからの贈り物だ。

毎朝自ら剪定して、ルイーズに預けてくれる。

花を眺めている時は、心のざわめきが落ち着く。匂いがすれば、色んなものが溢れ出すのをそっと止めてくれる。

そうしている時、セドリックのことに静かに向かい合える気がした。

フェリックスは、落ち着くための時間をも与えてくれている。それが嬉しいと同時に、申し訳ない気持ちになる。

どれぐらいそうしていただろうか。

みーう……みーう……。カリカリカリカリ。

ふぅっと思考の中に入り込んでくるように、オリーブの鳴き声と、ドアを爪で引っ掻く音が聞こえてきた。

「あ、ダメよ、オリーブ。今開けるから」

ドアを開ける直前にオリーブが「みーう！」と大きく鳴いた。下に向けていた視線の先には、オリーブではなく黒い靴が見えた。

「あ……」

顔を上げると、フェリックスがいた。彼はオリーブを両手で抱き上げていた。

二週間ぶりに対面した。

「フェリックス様」

「ダリア、痩せたな。食事はとるようにと言ったではないか」

「短期間でそこまで痩せませんよ」

にこっと、ダリアは笑ってみせた。

ルイーズはいつも、出来たての料理を運んできてくれる。品数も多くて、どれも弱っている時に食が進みやすいものだった。

だが平らげるどころか、殆ど手をつけられない時もあった。全く食べないわけではないのだが、必要最低限といった感じだ。

痩せるのは当然だが、そもそも身体が欲していないのだ。

「今日は休息を取ることにした。……少しでいいから、俺と話はできないだろうか」

「ええ、大丈夫です」

二週間ぶりでも、意外と落ち着いて会話ができたのだから、充分に笑って話せるだろうとダリアは判断した。

ルイーズを呼んで、飲み物を用意してもらった。フェリックスの分だけ茶請けの菓子を用意してもらおうと思ったが、彼も不要だと言った。

オリーブはルイーズが連れていこうとしたが、抵抗するように鳴いた。諦めてルイーズが去ると、ベッドに上ってあくびをし、昼寝を始めた。

用意された紅茶は、ふわっと甘い匂いがするのに、味はスッキリとしていて飲みやすかった。渋みが全くなく、喉を優しく潤してくれる。

「美味しい」

「ああ。そうだな」

話をしたい、と言ってきたのはフェリックスの方だが、ダリアが飲み終えるのを急かすことなく待ってくれた。

「……そろそろ、元気になります」

「ん？　元気に？」

「あまり長い間こもっていたら、さすがに周りも怪しみます。ただでさえルイーズの負担が増えていますから」

「元気になろうと思ってすぐになれるなら、君は最初からこもっていない」

そう指摘されて、ダリアは沈黙した。

意気込まないと、明るく振る舞えない。だから奮起しようと決めたのに、フェリックスに止められたように感じた。

「だから、いいんだ。きちんと自分の気持ちに向き合いなさい」

「向き合っても、答えが出ない限りはいつまでもこのままでしょう」

ならば無理にでも笑わなくてはいけない。

涙が流れないのは、幸いなことだ。

「……少しだけ、俺の話をしてもいいか？」

「フェリックス様の……？」

「俺が王太子になったのは、第一王子だからではない。弟妹を蹴落としたからだ」

フェリックスが語り始めた。

＊＊＊

フェリックスには、三人の弟妹がいる。

父の正妃が産んだ第一王女、第三王妃が産んだ双子の王子。

まず王位継承権の第一位は、正妃が産んだ王子である。

だが正妃に王子がいない場合は、他の王妃が産んだ王子が一位となる。ルブルム王国では、基本的に継承権は男児が優先される。

ただし例外が過去にあった。正妃以外の産んだ王女が即位したことがあった。諸事情で王子が成長しなかったためである。

女王が王配との間に王子を成したため、それ以降はまた男児による王位継承が行われている。

今回もそのはずだった。

正妃は第一王女出産後は妊娠が難しくなり、第三王妃の王子達はフェリックスがいる限り継承権の序列は低い。フェリックスが王太子になるのは当然と言われていた。

『兄様はきっと素晴らしい王になりますわ』

『俺達もそう思うよ。なぁ！』

『ああ！』

『お前達がいてくれるからだよ。私は、兄としても幸せだ』

母は違うが、三人の弟妹とは仲が良かった。母親同士も寵愛を競うことなく、自分達が親しい関係であってこそ国家は安泰すると互いに言い合っていた。

だから第二王妃の母は正妃のことを敬っていたし、第三王妃も同じだった。

だが現国王は、過去の女王即位について解釈を拡大した。

『四人の子のうち勝者にこそ王位を与える』

つまり第一王女にも、第二、第三王子にも、王位を継げる可能性が大いに生じたのだ。

「俺が王太子になるとほぼ決まっていたからこそ、ごく普通の兄弟として過ごせたんだ。

だが……父は、それを生ぬるいと一蹴した」

血統の混乱は、国家の乱れに繋がりかねない。ルブルム王国を統治した歴代の王達は、秩序を保つことに腐心してきたはずだった。

現国王の宣言は、それを無に帰させるも同然のものだ。

だがこれまで関係は良好だった。勉学に励み、民の声を聞き、王位を継ぐ意欲が弟妹にあるなら、フェリックスは弟妹の誰かに王太子の座を譲っても構わなかった。

「そう。俺は信じていたんだ。俺と母が、食事に毒を盛られるまでは」

「まさか……以前、四阿で仰っていた、銀の食器を使う理由のお話……」

フェリックスは、一瞬だけ、視線を伏せた。はっきりと言えばダリアはショックを受けるだろうが、否定してやることもできなかった。

幸いフェリックスはすぐに吐き出し、母である第二王妃も一命を取り留めた。毒見をすり抜けて盛られたということは、その毒見役が買収されていたことにほかならない。

毒味役は失敗と知って、命を絶った。

首謀者は正妃と第三王妃だった。

弟妹とその母達、そして彼らに味方する人間は、本気だ。

元々王太子の最有力候補と目されていたフェリックスは、彼らにとって一番の敵だ。共闘する理由になる。

「だから、俺は――戦うと決めた」

暗殺という安直な手を使わない。だがそれは慈悲ではなく、徹底して潰し、彼らを王城から一掃した。

しかも外部には、フェリックスに非情な印象は与えないように根回しをした。

彼らが、自滅するように仕向けた。

報復や転覆を考えないよう、フェリックスを敵に回せばどうなるか、ということを植えつけた。

追い出した彼らには、充分な金と物資を渡している。だが与えすぎてもいない。弟妹達とその母親らの生殺与奪の権は、フェリックスが握っている。

父である国王は拍手喝采で喜んだ。

『王には意欲と覚悟がなくてはならん。それでこそ自慢の息子だ』

意欲であるものか。自分と母の命を守るための私情ゆえだ。

覚悟であるものか。そうでなければ、殺されてしまう。

母はショックで寝込むようになり、彼女も王城を離れて療養している。

継承権争いで残ったのは、疑心暗鬼に囚われた自分一人だけ。

「生きるために、俺は王太子となった」

＊＊＊

「フェリックス様が……王城にあまり行きたがらなかったのは、その頃を思い出すから、ですか？」

「……情けない話だな」

ふっ、と、フェリックスが自嘲を含んだような笑みをこぼした。

フェリックスが八年前と雰囲気が変わったのは、王位継承権争いのせいだったのだ。

銀製の食器を使っていたのは、毒を用心していた頃の名残だという。世話係は信頼できる者で固めているため、そこまでしなくて良いのはわかっているのだが、癖になってしまっていたと語った。

冷たい食事が日常になった。

「で、でも、最近は……陶器の食器を使ったり、温かい食事をしたりしていますよね」

「君がいるから」

フェリックスがはっきりと断言した。

「それは……私のために無理を？」

「違う。君と同じ皿で、同じ時間に、同じものを食べる。俺が、そうしたいと思っているからだ」

　こちらを見つめる彼の瞳が、優しい。

「なぁ。確認しておきたいのだが」

「なんでしょうか」

「俺がセドリックと盟約を交わしたことを知った時……俺が君を保護し、妻にすると言ったのは『親友の妹だから』だと思ったのだろう」

　ダリアは息を呑んだ。

　事実、そうではないのか。

「君は肝心なところで、考えが少し捻くれるんだな」

「捻くれ……？」

　くすっとフェリックスが笑った。

　彼の手が、そっと、頭を撫でてくる。ダリアは大人しくされるがままになった。

　振り払うことなどできなかった。

「君は俺の憧れ。そう言ったじゃないか」

「それが……どうして憧れなのか、よく、わからなくて」

素直に告げると、フェリックスがちゅ、と額にキスをしてきた。

とっさに目を閉じてしまったが、その唇の柔らかさが心地好く、ダリアはゆっくりと瞼を開ける。

フェリックスの顔が、そっと離れた。

「君のことは、セドリックから聞いていた。君を守ってほしいと言われ、その約束を果たすと誓ったのも事実だ。だがそれを言うと、君はきっと一人で兄を助けに行こうとするだろう。そう思うと言えなかった」

そのとおりだ。

実際そんなことはできるはずもなく、結局頼ってしまった。

そして助けることができなかった。

生きていてほしい、と告げるのが精一杯だった。

「君のことは、出逢った時には小さなレディという印象でしかなかった。だが、あの後、仲が良かった弟妹達と命懸けで争うこととなり……いつも想うようになったのは、あの庭で出逢った君のことだ」

「私、の」

ダリアが聞き返すと、フェリックスが目を細めた。

「たとえ日陰に生きていても、母のために自ら花を摘む。凛としていて、意思の強さも伝わってきた。優しくて強い。どんなに素晴らしい女性に成長したのだろうか、と」

その言葉に胸が熱くなる一方で、そこまで評されるような人間になれているかどうか、そんな疑問が浮かんでくる。

「君のことを思い出しては、己を律し続けた。守るべきものを守るために、非情にならざるを得なくても、いつか君のようになりたいと思っていた」

身勝手で、他人のためと言いながらも実際はたくさん迷惑をかけている。

生まれた時から、誰かにとっての悲しみでしかない。

そう思ってきた。

「再会しても、君の本質は何も変わっていなかった。君は優しい。俺はそれが嬉しかったし、……誰よりも愛しているよ、ダリア。俺は君自身に、強く惹かれている」

なのに、フェリックスは――。

（どうして、この方は私の欲しいものをくれるの？）

ふぅ、と、ダリアは息をついた。

「ダリア？」

「優しいのはフェリックス様の方です」

「そうだろうか」

フェリックスが、微笑みを崩さぬまま、眉根を僅かに寄せた。

「非情にならざるを得なかったと仰いましたけど、王城の外での生活で不自由はさせていないのですよね？」

「一応な。甘いと言いたいのだろう」

「……そうですね。確かに、甘いと言う人もいると思います。でも私は、フェリックス様のお優しさだと信じています」

率直な意見を述べた。

ダリアは始末されずに放置されていたが、こうして生き延びる幸運を得ている。消してしまう方がきっと早くて楽だ。それはダリアでもわかる。生かすというのはそれだけ難しいことなのだ。

それでもフェリックスは、弟妹とその母親達を生かした。

（フェリックス様は、恐怖を植えつけたと仰っているけど、もしかしたら皆、自分達を殺さなかったフェリックス様を心から王太子と認めたから……王城を離れた土地で、穏やかに暮らしているのではないのかしら）

それもまた甘い考えかもしれない。

しかし、信じたい。少なくとも自分だけは、フェリックスの優しさを信じたい。

愛している。と、言ってくれた。本当の気持ちを教えてくれた。

信じよう。愚かなぐらい、自分だけはこの人の味方でありたい。

(ううん、この人の味方はたくさんいる。それを、教えていきたい。でも一番の味方は私でありたい)

——兄の死は、きっとこれからもずっとこの胸に深い傷となって残る。

どんなに向き合っても、兄を助けられなかった事実は変わらない。

だが俯き続けることは、きっと兄が望まない。

(フェリックス様が一緒にいてくれるなら、きっと大丈夫)

苦しみを分かち合いたい。この人なら分かち合ってくれる。

「信じる、か」

「はい。……フェリックス様。私がいつか立ち直るって、信じて……待っていてくださっているんですよね」

「……君は強いからな」

「正直、立ち直れるかはわかりません。でも、前は向きたいと思います。……フェリックス様、お願いです。お側にいさせてください……いいえ、私の側に、いてください。前を向いて生きていくのに、貴方が必要なのです」

そう告げると、フェリックスが瞬きを繰り返した後、ふっと小さく吹き出した。

「それは俺が言いたかったたな」

「えっ」

「ずっと俺の側にいてくれ。君の側にいさせてほしい。俺には君が必要だ、と」

フェリックスに同じ言葉を言われて、ダリアは、同じようにしばし沈黙した後、くすっと笑った。

だが、きゅっと、ダリアは唇を結んだ。

自分から、ゆっくりとフェリックスに顔を近づける。

ドキドキする。自らキスをするなど、初めてだ。フェリックスはじっと待ってくれているようだ。

微かに、唇の先に柔らかなものが掠めた直後だった。

なぁああん！　なあああぁぁん！

オリーブの元気の良い鳴き声が響いて、ダリアとフェリックスは同時に声がした方を向いた。

カリカリカリ、と、オリーブはドアを引っ掻いていた。

ルイーズに連れていかれるのを嫌がったのに、寝ることに飽きたら外へ出たくなったらしい。出せ出せと言わんばかりに鳴いている。

「も、もう、オリーブったら！」

ダリアは立ち上がると、慌ててドアに駆け寄った。

ドアを開けると、オリーブは「にぃー」と満足げに鳴いて、悠然と出ていった。

「オリーブ専用の扉を作った方がいいかしら。でないといっぱい傷がついてしまいますし。ね、フェリックスさ――」

ドアを閉めながら振り返ると、フェリックスが目と鼻の先にいて、ダリアは驚いた。

フェリックスがドアに手をつく。見下ろされて、ダリアはドキドキした。

「そうだな、君の部屋にならいいだろう。でも、向こうの部屋はダメだ」

「向こうって、フェリックス様のお部屋ですか？　執務室ではなく？」

「ああ。まぁ執務室も、悪戯されたら困るというのもあるんだが……向こうは俺達の寝室でもある」

そう言って、フェリックスが腰を抱いてきた。

「二人きりの時間を、さっきみたいに邪魔されたくないからな」

「フェリックス様」

「……君が前を向くと言ってくれて、とても現金だというのはわかっているが、もう少しだけ触れさせてほしい」

あまりに実直な言葉に、ダリアは、呆れるというよりも心身を凍らせていた最後の氷が、ゆっくりと溶けていく心地になった。

「……はい」

触れたい。不安と後悔の渦の中から、救い出してくれるこの人に。

(お兄様。私、幸せに生きていきます。それがせめてもの償いだと思っていいですか？)

答えは返ってこない。

ダリアはゆっくりと目を閉じた。

だが瞼に浮かぶのは兄の姿ではなく、愛しい人——フェリックスの姿。

重ねた唇は、熱く濡れて、心地好かった。

第六章　パレードと初夜

翌年の春――華やかな戴冠式と婚礼式が同時に執り行われた。

国王が病身となったためだ。二年近く前の大病からは回復したと思われていたが、実際はじわりじわりとその後も国王の身を蝕(むしば)んでいた。

そこで、正式に退位を宣言したのである。

そしてフェリックスが王位に就き、ダリアが彼の王妃となった。

「新国王陛下、新王妃様、万歳！」

ルブルム王国の都を、二人を乗せた馬車を中心としたパレードが進んでいく。花びらが舞い、音楽が鳴り響く。道の両脇には、新しい国王夫妻を一目見ようと大勢の国民が押し寄せていた。

「王妃様は地方でうらぶれていたのを、フェリックス国王陛下が見初められたそうよ」

「これが事実上の社交界デビューとか。前代未聞らしいけど、素敵ねぇ」

「それよりも陛下は、ダリア様以外の王妃を迎えないと宣言なさったそうよ！」

貴族の事情に詳しい民ももちろん、その中にはいる。だが、ダリアのことを国民達は歓迎してくれているようだ。

筋書きはこうだった。王族に繋がる貴族の娘であったが、事情があって地方に預けられて育った。その時にフェリックスが密かに見初め、出自を調べた上で、シアーズ侯爵家を後見にして王妃として迎えた。

日陰の身から一転、一国の王妃となる奇跡のストーリーは、老若男女を惹きつけた。

おおむね事実ではあるが、重要な部分は伏せられている。今や亡国となったコルニクス国王家の生き残りであること、出逢った経緯、貴族の娘となった順序――。

「覚悟していても、やっぱり心苦しいですね」

国民達の笑顔に応えるように軽く手を振りながら、ダリアがぽつりと呟いた。

今日の衣装は、金糸を織り込んだ純白の生地を用いたウェディングドレスだ。前年にダン・ローに注文した一着だった。

結い上げた金髪に挿しているのは、大切に持っていたダリアの花飾りをベースに、この日のために作らせた、翡翠(ひすい)などの宝石とレースを組み合わせたものだ。どちらも作者は同じで、今はダン・ローの工房でも人気の職人となっている。

「そう思うのは君が真面目だからだ。その誠実さは、政の場で示せばいい」

フェリックスが、優しく告げる。

パレードの間、彼はずっと、振らない方の手をぎゅっと握ってくれている。

ひんやりとした手。それが今は、とても熱い。

「時がきたら、公表しようと決めただろう。大丈夫だ。何があっても俺が一番の味方だし、ルイーズ達もわかっている。それに、周りを見てご覧」

そう言われて、ルイーズは俯きかけていた顔を、意識的に上げた。

無数の国民達の笑顔。皆、ダリアとフェリックスに向けられている。

ふと、ダリアはその中に見知った顔を見つけた。

押し寄せる人々から少し離れて、椅子に腰掛けている老女。

乳母だ。その椅子を支えているのは、彼女とともに残った護衛だった。

『ダリア様、どうかお幸せに』

老け込んだ乳母の頬が涙に濡れているのが、遠目でもわかった。

あっという間に通り過ぎてしまったが、確かにいた。幻だったとは思えない。

「不要な軋轢を避けるために用意した筋書きも無駄だったんじゃないかと思えるぐらい、皆、君を温かく迎え入れてくれている」

フェリックスは知っていたのだろうか。知っていて、顔を見られるタイミングを教えてくれたのかもしれないが、ダリアはあえて訊ねなかった。

「ええ、責任重大ですね」

「そうだな。でも、俺には君がいる」

ダリアは、フェリックスの方に顔を向けた。

「私にも、貴方がいます」

何があっても、大丈夫。

きっとこれから先、どんなに苦しくて悲しいことが起きても、ともにいる限り、前を向いて乗り越えていける。

「あっ」

握っていた手を離して、フェリックスが腰を抱き寄せてきた。

そして、民衆を前にして、口づけられた。

晴れ上がった空の下、花びらが舞う中で、ひときわ大きな歓声があがる。

＊＊＊

昼間の賑わしさが一転して、夜は静かだ。

身を清めたダリアは、うっすらと化粧を施して、薄手の寝間着をまとってベッドに腰を下ろしていた。

ここは王城。王位に就いた者と、その配偶者が過ごす寝室。

ダリアにとってはまだ馴染みの薄い、緊張する空間だった。

だが、ふわりと漂う薔薇の香と、サイドテーブルに活けられているダリアの花が、心を落ち着かせてくれる。

(昔の私が見たら、きっと信じないわね。私が王妃になるなんて。しかも、心から愛する人の妻になるなんて……)

コルニクス国の城の片隅で、人知れず朽ちていくだけの運命だと思っていた。

だが結局、父は幽閉の身、母は病死、兄は刑死――生き残ったのは自分だけだ。

(でも、血を残すために生きるんじゃないわ。私、生きたいの)

運命を受け容れていたつもりでいたが、そうでなかった。

いつか堂々と生きたい。

本当はそう思っていた。

今は――いや、これからは堂々と生きていかねばならない。

（だから、せめて忘れないでいます。皆のこと、私は忘れない）

コツコツ、と、正面のドアから足音が聞こえてきた。

（来た）

ダリアは居住まいを正して、背筋をぴんと伸ばした。

ギィ、と、軋む音を立ててドアがゆっくりと開かれた。

フェリックスだ。彼は、寝間着の上に厚手のガウンを羽織っている。

「ダリア」

名を呼んだ彼は、早足で歩み寄ってきて、ぎゅっと抱きしめてくれた。ダリアもしっかりと抱き返す。

「今日から俺達は夫婦だ――家族になったんだ」

「はい」

「ともに生きていこう。命が燃え尽きるまで、最期の瞬間まで」

「……はい。一緒に生きてください。フェリックス様」

少しだけ身を離し、視線を絡める。

黒曜石の如き瞳。この目はいつも優しく、時に厳しく見つめてくれた。

いつまでも眺めていたい。しかし、静かに黒い瞳が近づいてきて、やがて瞼が閉じられた。ダリアも瞼を下ろすと、唇を重ねられた。

「ん、ぅ……ん、ぁ、ん」

差し出し合った舌をもつれさせ、ちゅくちゅくと音を立てて唇をお互い貪る。

「ふぁ、あ、フェリックス、様……っ」

ダリアはむにゅりと、自ら胸乳をフェリックスに押しつけて密着した。

布越しに鼓動が重なって、一つになっていく。

「あ、んっ、ぅ」

ふわりと雲のように柔らかなベッドに、キスをしながらゆっくりと押し倒された。

背中に痛みは全く感じない。フェリックスの重みだけだ。それもダリアに負担をかけないようにしてくれているのがわかる。

ダリアはそっと、フェリックスのガウンを下ろさせた。それに気づいて、フェリックスは名残惜しげにダリアの腰から一度腕を抜き、ベッドの上に脱ぎ捨てた。

「ダリア……」

「あっ……」

キスの応酬を終えて、フェリックスが顎、鎖骨へと唇を落としていく。

「んん……」

フェリックスの手が、するりと寝間着の襟に滑り込んで、胸元を開く。

膨らみを柔く揉みしだかれ、勃った桃色の乳首を口に含まれて、ダリアは喉を仰け反らせた。

しばらく胸を愛撫された後、フェリックスの顔がより下へと移動していった。

「あっ、そ、そこは……」

何をされるのか、ダリアはすぐに察した。

「ああっ！」

寝間着の裾をたくし上げられる。

初夜ゆえに、下着はまとっていなかった。

あっという間に脚を広げられて、すでに熱く潤み始めていた淫裂に、フェリックスが舌を這わせた。

「はう、ぅうんっ、あ、あ、あぁっ」

舌全体で、愛液を溢れさせる泉口を愛撫されているうちに、ぴくぴくと雌芯が芽吹いてくる。

「ひああっ、あっ、ああんっ……！」

芽吹いたものをぱくりと濡れた唇で食まれて、ダリアは悶えた。

ぬと、どぷ、と、ひくつく秘唇から次々と蜜が溢れていくのが自分でもわかる。ならば間近で見ているフェリックスには隠しようがない。

「あああっ！」

羞恥心を煽られて、ダリアはじゅうっとフェリックスがひときわ強く芽を吸った瞬間に、軽く達してしまった。

「ああ、ぁ、あぁ……んん、ぅ」

達してしまったのに、フェリックスは溢れた愛液を美味しそうにじゅるじゅると吸う。そのせいで身体は冷めずに、いっそう熱が高まる。

開いた脚が、ガクガクと震える。腰も浮き始める。

「あ、あ、あ、だめっ、また、きて……っ！　あああんっ！」

ぴしゅうっと、飛沫（しぶき）が散る。

ベッドに深く沈み込むと、フェリックスが顔を上げた。彼の唇は、ダリアの欲の証で艶めいていた。それを赤い舌がちゅるりと舐め取る。艶めかしい動作だった。

ぼうっと、ダリアはそれを見つめていた。

「君は可愛いな、ダリア」

「っ……」

「もう、我慢ができない。初夜だから性急にしないと思っていたが、一つになりたい」

切ない訴えに、ダリアはこくりと頷いた。

ダリアにしても、すぐに一つになりたかった。

「っ、あ、あっ」

フェリックスが、ダリアの白い脚をぐっと持ち上げ、肩に乗せる。

屹立(きつりつ)した雄棒の尖端が、潤みきってなおも愛液を漏らす淫唇に宛がわれた。

「っ、ああ、あああぁぁぁ」

ずっ、ずっ、と、最初は酷く窮屈そうな動きをした。

「ダリア、力を抜いて……」

「っ、ぅ、あ、あ……ううんん、はぁ、あぁ」

もっとも太い雄の中央部まで納まると、あとは腰をぐうっと一押しするだけで根元まで挿入された。

「動くが、構わないか?」

「は、い……っ、んん、あああぁぁぁっ！」

返事をすると、我慢の限界だったらしいフェリックスが律動を始める。

ダリアは抜き差しのたびに、嬌声をあげ、身を捩らせ、何度も達した。ぎゅうぎゅうとフェリックスの雄を締めつけると同時に、子宮がきゅうっと蠢く。

突き上げられていくうちに、フェリックスのものも育っていく。

「ダリア、愛している……！」

「っ、あ、ああっ、わ、わた、私も、愛していますっ」

愛の言葉を交わし合う。その間も、動きは加速する。

「……早く、俺達の天使に、会いたいな……」

天使の一言に、ダリアの身体の奥が、燃え上がる。

欲しい。

フェリックスと自分の命が混ざり合って、一つになった存在。

それはもう、奇跡だ。

「はいっ、わ、私も……会いたい、です！」

誰よりも大切に慈しみたい。フェリックスとともに。

「ふあ、ああっ、ぁ、あ、っ、いく、いく……っ、あああぁぁ！」

もう堪えきれない。

最奥を思いきり突かれた瞬間、ダリアは絶頂に達した。きゅううっと、愛されて熟れた隘路が収縮する。

「っ、ふ……」

フェリックスの雄が、びくびくと大きく脈打つ。

どぷどぷと、何ものにも憚ることなく、圧倒的な熱がダリアの胎内(なか)へ溢れんばかりに注がれた。

「……ダリア、ずっと、一緒に……」

いるから、なのか、いてくれ、なのか。ダリアは聞き取れなかった。

しかし、そのどちらでも同じだ。

「……はい。ずっと、一緒です」

絶頂の中で、二人はしっかりと抱き合い、誓いのキスを交わした。

エピローグ　未来、そして再会

ルブルム王国の第一王子エドワードは、ダリアの花が咲き乱れる庭園を歩き回っていた。

五歳になったばかりの彼に、庭は広い。だが、自分が生まれる前から両親が飼っているオリーブが行方不明になってしまったのだ。

「オリーブ、どーこー?」

今日は珍しく、父も母も執務は休みだ。一緒に茶を飲んでいて、オリーブは父のハンカチを持っていってしまったのだ。

それはとても古いもので染みもついている。エドワードは一度父に『どうして捨てないのですか』と聞いた。

『これは、お父様とお母様の大事な思い出の品なんだ』

父のフェリックスはそう答えて、頭を撫でてくれた。

だから、取り返さなくてはいけない。

「オリーブ！」

早く見つけないと。

遠くで「エドワード、待って。あまり離れちゃダメよ」と、母・ダリアの声が聞こえてきた。

茶を終えたら、親子で墓へ行く予定があるからだ。と言っても、葬られているのは王城の敷地内であり、二つあるのだが、どちらも銘は刻まれていない。

『ここにはね、亡骸はないのだけど、かつてお母様を命懸けで助けてくれた人が眠っているのよ』

エドワードは、彼らの名を知らない。だが、彼らがいなければ自分は生まれていないということは、理解した。

「エドワード。もういい。そのうち戻ってくるだろう。今日は大事な客人も来るから、あまり服を汚さないように」

父の声がした。

「エドワードは本当にやんちゃで……好奇心旺盛なのはいいのだけど」

「君にそっくりだな」

「え、そんな昔のこと仰らないで」

父と母のやりとりは、とても朗らかで優しい空気を感じる。

「ところで、客人ってどなたなんですか？　私にも仰ってくださらないなんて」

「――国の大使だ。きっと驚く」

「……まさか」

「ああ。まさか、君と同じく『筋書き』を作って生かされていたとは」

国王夫妻は仲が良い、と国中の評判になっていることは、エドワードも側仕えのルイーズやナタリー達から聞かされている。

現に母は今、エドワードの弟か妹を妊娠している。兄になるのだと言われて、これまでのように母に甘えられないことを寂しく思った。

『エドワード、貴方は父と母の大切な子どもよ。そのことは忘れないでね。弟や妹が生まれても、貴方も奇跡の子であることに変わりないの』

母のその言葉が、エドワードの中で支えになっている。

兄として、生まれてくる新しい命を守る。そう素直に決意できた。

父と母が見守ってくれる。だから、大丈夫だ。頑張れる。

「あっ、オリーブいた！」

黒い影が、白いハンカチを咥(くわ)えているのが視界に入った。ダッと駆け出した時、エドワードは派手にこけてしまった。

「エドワード！」

後ろから父母の声がした。

足が痛い。どうやら擦り剝いたようだ。痛くて痛くて、涙が出そうだった。

その時、そっと前方から手を差し出された。

「お怪我はありませんか、リトル・プリンス」

柔らかくて穏やかな声だった。父母は後ろにいるし、世話係達の声でもない。

顔を上げると、父と同じぐらいの年齢の紳士が立っていた。

「だ、大丈夫です！」

知らない人に涙なんて見せられない。

エドワードは、ぐっと堪えて、差し出された手を取らずに自分で立ち上がった。

「おお、立派立派。お強いお強い」

「だって僕は、この国の王子だから！　絶対泣かないんだ」

エドワードは、ふんっと胸を張った。

「しかしリトル・プリンス。本当に痛くて辛い時は、泣いてもいい。周りに打ち明けてもいい。我慢のしすぎは視野を狭くする」

「でも泣いているとお父様もお母様も、とても心配するよ。僕は王子だもの。皆に悲しい顔をさせたくないんだ」

エドワードは、じっと紳士の顔を見つめた。

とても懐かしい声だと感じたからだ。聞いたことがないはずなのに、覚えがある。不思議な感覚だった。

「確かに、お父上もお母上も心配はするでしょう。でも悲しむのは貴方を愛しているから。そして、愛しているからこそ、痛くて苦しい時は、貴方から打ち明けてほしい。そう願っているはずですよ」

彼の片腕の中に、オリーブが収まっていた。人懐っこい性格ではあるが、気まぐれなので慣れない相手にはそっけない時もあるのに、オリーブはとても大人しかった。

「貴方は、この上ない宝物なのですから」

目の前の、父と同じ年代の男性は——母と同じ髪と眼の色をしていた。

風が吹く。

満開のダリアの花々が、柔らかに揺らいでいた。

【終】

あとがき

こんにちは、宮小路(みやこうじ)やえです。

ヴァニラ文庫様で初の作品『見捨てられた王女は冷酷王子に拾われました!? ～幸せ婚前恋♥～』を手に取ってくださり、まことにありがとうございます。

最後に現れた客人については、プロットの段階では存在しませんでした。書いているうちに、彼と彼の愛した女性のやりとりが浮かび、ならば僅かな可能性であっても生きる道を選び直すのかも、と思い、このような結末となりました。

鳩屋(はとや)ユカリ先生には、艶やかで華やかなイラストで物語を彩っていただきました。担当編集様にも、大変お世話になりました。支えてくださった方々に感謝を。

そして本書をお読みくださったあなたに、お礼を申し上げます。

令和四年六月　宮小路やえ

見捨てられた王女は冷酷王子に拾われました!?
～幸せ婚前恋～

Vanilla文庫

2022年7月20日　第1刷発行　定価はカバーに表示してあります

著　者　宮小路やえ　©YAE MIYAKOUJI 2022
装　画　鳩屋ユカリ
発行人　鈴木幸辰
発行所　株式会社ハーパーコリンズ・ジャパン
東京都千代田区大手町1-5-1
電話　03-6269-2883（営業）
0570-008091（読者サービス係）

印刷・製本　中央精版印刷株式会社

Printed in Japan ©K.K. HarperCollins Japan 2022 ISBN978-4-596-70983-7